विकस के नाम पर विनाश

कहीं देर न हो जाए

पंकज के. सिंह

डायमंड बुक्स

www.diamondbook.in

प्रकाशक : डायमंड पॉकेट बुक्स (प्रा.) लि.
X-30 ओखला इंडस्ट्रियल एरिया, फेज-II
नई दिल्ली - 110 020
फोन : 011- 40712200
ई-मेल : sales@dpb.in
वेबसाइट : www.diamondbook.in

Vikas Ke Naam Par Vinaash : **Kahin Der Na Ho Jaaye**
by : *Pankaj K. Singh*

समर्पण

प्रकृति और पर्यावरण की रक्षा के प्रति सचेष्ट
नागरिकों की संवेदनशील सोच और
दूरदर्शी प्रयासों को समर्पित

भूमिका

प्रदूषण के कारणों को उचित रूप से समझना और उनका समुचित निराकरण करना आज भारत की सबसे बड़ी आवश्यकता है। प्रदूषण द्रुत गति से विकराल रूप धारण करता जा रहा है। ऐसे में हम किस तरह के विकास का दम भर सकते हैं। यह बात केवल भारत पर ही लागू नहीं होती, वरन संपूर्ण विश्व आज पर्यावरण प्रदूषण की मार झेल रहा है। निश्चित रूप से इस मुद्दे पर शेष विश्व को भी सही मायने में विकास की समझ को बेहतर करना होगा। हम केवल जीडीपी पर केंद्रित होकर विकास की अंधी दौड़ लगा रहे हैं और प्रकृति एवं पर्यावरण के खतरों की अनदेखी कर रहे हैं। विश्व स्वास्थ्य संगठन की रपट पढ़कर हम कुछ समय के लिए गंभीर हो जाते हैं, लेकिन जल्द ही पुराने ढर्रे पर लौट आते हैं। इसकी अनदेखी हमें खामोशी से मौत के दलदल में धकेल रही है। निश्चित रूप से आज पर्यावरण संकट से बड़ा और गहरा कोई मसला नहीं है। इसकी अनदेखी करना मानव सभ्यता के साथ खिलवाड़ करने के अतिरिक्त और कुछ नहीं है। संपूर्ण नागरिक समाज को इसके निराकरण के लिए एक साथ आंदोलनरत होना होगा।

प्रकृति ने देश की सीमाओं का विभाजन कभी नहीं किया। यह कार्य केवल मनुष्य ने किया है। प्रकृति ने संपूर्ण मानव सभ्यता को समान दृष्टि से अनमोल संपदाएं लुटाई हैं। आज जो विकसित और समृद्ध देश पर्यावरण और प्रकृति के संदर्भ में स्वार्थपूर्ण सोच रखते हुए केवल अपना लाभ देख रहे हैं, वे गंभीर गलती कर रहे हैं। प्राकृतिक संपदाएं और आपदाएं दोनों ही राष्ट्रीय सीमाओं के विभाजन और सामरिक रणनीति को नहीं मानतीं। प्रकृति की नजर में समूचा विश्व एक है और वह किसी भी भेदभाव को स्वीकार नहीं करती। आज पर्यावरण की रक्षा के लिए संपूर्ण विश्व को एक समाज के रूप में सोचना होगा। प्रकृति का हनन होने

की स्थिति में बड़ा-छोटा, गरीब-अमीर, विकसित-निर्धन, श्वेत-अश्वेत कोई भी उसके कहर से नहीं बचेंगे। अनेक बार यह सिद्ध हो चुका है। अब हमारे पास शायद अंतिम अवसर है। इस अवसर के बाद हमें संभलने का कोई और मौका नहीं मिलेगा।

पर्यावरण के प्रति प्रत्येक नागरिक के कुछ विशिष्ट कर्तव्य होते हैं। हम इन कर्तव्यों का निर्वाहन उचित रूप में नहीं कर रहे हैं। प्रत्येक कार्य के लिए हम केवल सरकारों का मुंह ताकते रहते हैं। इस प्रकार की अकर्मण्यता और लापरवाही उचित नहीं है। हमें यह भी समझना होगा कि समस्याओं के निदान के लिए किसी सरकार के पास कोई चमत्कार अथवा जादू की छड़ी नहीं होती। नागरिकों के समेकित प्रयास और सूझ-बूझ ही किसी देश को आगे बढ़ाते हैं। जिस देश के नागरिक अपने कर्तव्यों का पालन उचित रूप से नहीं करते, वह देश कभी भी विकास के पथ पर आगे नहीं बढ़ सकता। वह दूसरों के लिए भी कोई आदर्श प्रस्तुत नहीं कर सकता। भारतीय नागरिक आज अपने कर्तव्यों को भूल गए हैं और इसीलिए 130 करोड़ नागरिकों वाला यह देश आज सिर्फ और सिर्फ धूल, गंदगी, कूड़ा, कचरा, दुर्व्यवस्था, अराजकता, स्वार्थ, भ्रष्टाचार और महामारियों का ढेर बनकर रह गया है। निश्चित रूप से यह समय हम सभी के लिए अपने ही गिरेबानों में झांककर अपनी सामूहिक गलतियों को टटोलने का है। आज देश की दुर्व्यवस्था और प्राकृतिक क्षरण के लिए केवल हम और हमारे कर्म ही उत्तरदायी हैं।

पूरा देश आज धूल और गंदगी की गिरफ्त में है। बड़े शहर, महानगर और राजधानी क्षेत्र सबसे अधिक संकटग्रस्त क्षेत्र दिखाई पड़ रहे हैं। पिछले कुछ वर्षों से दिल्ली-एनसीआर सहित देश के अनेक हिस्सों में धूल का गुबार बढ़ता जा रहा है। इसके चलते सांस लेना भी दूभर हो गया है। बीच-बीच में इससे कुछ राहत अवश्य मिलती है, किंतु यह अंशकालिक और तात्कालिक ही होती है। वास्तव में यह सब प्रदूषण और उससे बढ़ते धरती के तापक्रम की ही देन है। ग्लोबल वार्मिंग एक गंभीर संकट है। जब मानव सभ्यता को स्वच्छ वायु और जल ही प्राप्त नहीं होगा, तो ऐसा तथाकथित विकास किस काम का है। मौजूदा समय में जल संकट गहराता जा रहा है। जल का उचित प्रबंधन और वितरण आधुनिक समय की सबसे बड़ी चुनौती है। भारत जैसे देश में जहां अधिकांश जनसंख्या केवल

सरकारी तंत्र पर आश्रित रहती है, वहां जल प्रबंधन में सामुदायिक हिस्सेदारी और पर्यावरण संरक्षण के प्रति नागरिक कर्तव्यबोध का प्रायः पतन हो गया है। सदियों से भारतीय जीवनशैली में पर्यावरण के प्रति प्रेम और प्रकृति के प्रति सहचर्य व सूझ-बूझ परिलक्षित होती रही है। उपभोक्तावाद के इस अंधे युग में हम अपनी यह मौलिक खूबी और सूझ-बूझ भी गंवा बैठे हैं।

हम अपनी परंपरागत रेन वॉटर हार्वेस्टिंग अर्थात वर्षा जल संरक्षण विधियों को भी भूल चुके हैं। शायद हमें यह अहसास नहीं रह गया है कि मानव सभ्यता का अस्तित्व वायु और जल के बिना संभव नहीं है। बिना सोचे-समझे अपने लालच की पूर्ति के लिए हमने दोनों हाथों से पृथ्वी को लूटा है। इस लूट के दुष्परिणाम अब सामने हैं। अनेक क्षेत्रों में एक-एक बूंद जल के लिए लोग तरस रहे हैं। भारत में परंपरागत रूप से वर्षा जल संरक्षण के लिए बावड़ी, स्टेप वेल, झिरी, झील, तालाब, टैंक आदि का इस्तेमाल आज समाप्त सा हो गया है। नई पीढ़ी की समझ पर्यावरण और मौसम के प्रति बहुत कम है। पृथ्वी की सतह के हिसाब से भूजल का स्तर प्राकृतिक रूप से रिचार्ज होकर संतुलित बना रहता है। यह संतुलन अब बिगड़ रहा है। आधुनिक समय में धरती का अधिकांश हिस्सा कंक्रीट की भांति पक्का हो गया है। इसके परिणामस्वरूप बारिश का जल स्वतः रिसकर पर्याप्त रूप से धरती की कोख तक नहीं पहुंच पाता। रेन वॉटर हार्वेस्टिंग के अंतर्गत हम कृत्रिम तरीके से वर्षा जल को विभिन्न विधियों का उपयोग कर धरती के अंदर पहुंचाते हैं। इन प्रणालियों को विकसित करने के लिए लोगों को पर्यावरण के प्रति जागरूक और समझदार होना पड़ेगा।

पर्यावरण के क्षरण से होने वाले नुकसान इतने व्यापक और दीर्घकालिक हैं, जिनकी भरपाई विकास की कोई गतिविधि नहीं कर सकती। हमें यह समझना होगा कि प्रकृति और पर्यावरण को नुकसान पहुंचाकर होने वाला विकास वास्तव में दीर्घकालिक विनाश के अतिरिक्त और कुछ नहीं है। कुछ उपकरणों और उत्पादों के लिए हम अपनी पृथ्वी और पर्यावरण को क्षति नहीं पहुंचा सकते। मानव सभ्यता को अंततः स्वच्छ जल, वायु, वन, कृषि तथा नैसर्गिक प्राकृतिक संपदा मात्र की ही आवश्यकता है, न कि क्षणिक उपभोक्तावादी उत्पादों की। हम चार आने के लोभ में रुपया नहीं गंवा सकते। पर्यावरण के प्रति गहराती चिंताओं के संदर्भ में हमें कुछ करना होगा। हमारे पास अधिक समय शेष नहीं है। अगला

एक दशक निर्णायक है। इसके बाद हमें कोई मौका प्रकृति शायद ही दे। प्रस्तुत पुस्तक इन्हीं चिंताओं की ओर हमारा ध्यान आकृष्ट करती है। आशा है इससे देश में पर्यावरण के संदर्भ में विमर्श को गति मिलेगी। निश्चित रूप से आज यदि भारत के समक्ष कोई सबसे बड़ी चुनौती है, तो वह केवल और केवल पर्यावरण का बढ़ता क्षरण और दिनोंदिन विकराल होता जा रहा प्रदूषण और प्लास्टिक व ई-कचरा है।

-पंकज के. सिंह

ई-मेल-pkstiger@gmail.com

वेबसाइट-www.pankajksingh.com

विषय सूची

1

बढ़ते वाहन, संकट में जन-जीवन

भारत में बढ़ते प्रदूषण की समस्या से यदि हमें मुक्ति पानी है, तो सबसे पहले हमें अपनी यातायात व्यवस्था और वाहनों की अनावश्यक बढ़ती संख्या पर लगाम लगाना होगा। इस दिशा में सरकार और समाज दोनों को ही विशेष प्रयास करने की आवश्यकता है। यदि कतिपय कारणों से हम वाहनों के उत्पादन पर रोक नहीं लगा सकते, तो हमारा यह प्रयास होना चाहिए कि सड़कों पर वाहन कम से कम आएं। भारत जैसे देश में वाहनों को आवश्यकता से कहीं अधिक स्टेटस सिंबल के रूप में देखा जाता है। यह प्रवृत्ति उचित और स्वीकार योग्य नहीं कही जा सकती।

मनुष्य की पहचान उसके गुण, ज्ञान, योग्यता, व्यक्तित्व एवं आचरण से होनी चाहिए, न कि उसके वाहन के ब्रांड और उसके भौतिक संसाधनों से। आज बैंकिंग क्षेत्र के सक्रिय होने के कारण बहुत अधिक संख्या में ऋणों पर वाहन खरीदे जा रहे हैं। कई बार इन वाहनों की कोई आवश्यकता नहीं होने के बावजूद केवल शौक और धन के दुरुपयोग के कारण इन्हें खरीदा जाता है। एक-एक घर में सभी सदस्यों के पास अलग-अलग वाहन दिखाई पड़ते हैं। इससे सड़कों पर अनावश्यक दबाव बढ़ रहा है तथा पर्यावरण गंभीर रूप से प्रदूषित हो रहा है। इस संदर्भ में सरकार को कतिपय कठोर नियमों को लागू करने की आवश्यकता है। उचित होगा कि वाहनों पर दिए जाने वाले आसान ऋणों को समाप्त किया जाए तथा वाहन खरीदते समय ही एकमुश्त लाइफटाइम ड्यूटीज और टोल टैक्स इत्यादि वसूल लिए जाएं। इससे वाहन खरीदना मुश्किल हो जाएगा।

यह भी आवश्यक है कि किसी भी वाहन की पार्किंग रोड एवं सार्वजनिक स्थान पर नहीं होनी चाहिए। गाड़ी खरीदते समय यह एक आवश्यक शर्त होनी चाहिए कि गाड़ी की पार्किंग निजी स्थान पर या घर के अंदर ही हो। यदि गाड़ी

बाहर रोड पर पार्क की जाती है, तो इसके लिए अतिरिक्त शुल्क लिया जाना चाहिए। इस प्रकार के नियम बनाने से वाहनों के प्रति लोगों की रुचि कम होगी। इन नियमों के साथ यह भी आवश्यक है कि सार्वजनिक परिवहन की व्यवस्था उच्चकोटि की बनाई जाए। सार्वजनिक परिवहन व्यवस्था इतनी अच्छी होनी चाहिए कि किसी भी नागरिक को निजी वाहन का प्रयोग करने की विशेष इच्छा ही न रह जाए।

भारत में विश्व के महज तीन प्रतिशत वाहन होने के बावजूद विश्व की करीब 10 प्रतिशत दुर्घटनाएं यहां होती हैं। यह बताता है कि सड़क सुरक्षा के मामले में हम कितने पीछे हैं। विश्व के अनेक देशों ने इसके लिए पिछले कुछ वर्षों में अनेक रचनात्मक प्रयास किए हैं। विश्व स्वास्थ्य संगठन की वर्ल्ड हेल्थ रिपोर्ट में इसके कुछ उदाहरण दिए गए हैं। थाइलैंड में मोटर साइकिल से जुड़ी दुर्घटनाओं में होने वाली मौतों में हेलमेट संबंधी उचित कानून बनाने और उन्हें सही ढंग से लागू करने से मरने वालों की संख्या में 56 प्रतिशत की कमी आई। डेनमार्क में ट्रैफिक सुधार और साइकिल मार्गों की बेहतर व्यवस्था से साइकिल दुर्घटनाओं में होने वाली मौतों में 35 प्रतिशत कमी बहुत कम समय में की जा चुकी है। पश्चिमी यूरोप के बारे में अनुमान लगाया गया है कि वाहनों की औसत स्पीड में पांच किलोमीटर प्रति घंटा की कमी लाने से सड़क दुर्घटनाओं की मौतों में 25 प्रतिशत की कमी संभव हो सकी।

बढ़ते हुए प्रदूषण को देखते हुए आज कठोर कानूनों की आवश्यकता महसूस की जा रही है। यह उत्साहवर्द्धक है कि भारत सरकार इस दिशा में प्रयत्नशील दिखाई पड़ रही है। नागरिकों को इन प्रयासों में न केवल सहयोग करना चाहिए, वरन स्वयं यह मांग करनी चाहिए कि सरकार पर्यावरण की रक्षा के लिए कठोर से कठोर कदम उठाए। इन प्रयासों के अंतर्गत भविष्य में अगर वाहन मालिक को गाड़ी का प्रदूषण स्तर नियंत्रित होने का वैध प्रमाणपत्र नहीं मिला, तो वार्षिक इंश्योरेंस नवीकरण (रिन्यू) नहीं हो पाएगा। सुप्रीम कोर्ट ने वायु प्रदूषण पर काबू पाने के लिए बीमा कंपनियों को वैध प्रदूषण प्रमाणपत्र के बगैर गाड़ियों का इंश्योरेंस नवीकरण नहीं करने का आदेश दिया है। इसके साथ ही सुप्रीम कोर्ट ने केंद्र सरकार को सभी पेट्रोल पंपों पर प्रदूषण नियंत्रण केंद्र स्थापित करना सुनिश्चित करने का निर्देश दिया है। इससे वाहनों में प्रदूषण स्तर की नियमित

जांच हो सकेगी। प्रदूषण नियंत्रण प्रमाणपत्र के बगैर इंश्योरेंस नवीकरण न होने का आदेश सभी गाड़ियों पर लागू होगा। इसमें दुपहिया वाहन भी शामिल हैं।

निजी वाहनों की बढ़ती संख्या पर नियंत्रण के लिए सार्वजनिक परिवहन प्रणाली को सुदृढ़ करना आवश्यक है। इस दिशा में जो भी प्रयास हो रहे हैं, वे पर्याप्त नहीं कहे जा सकते। केंद्रीय प्रदूषण नियंत्रण बोर्ड (सीपीसीबी) और ईपीसीए की एक प्लानिंग यह भी थी कि ग्रेडेड रिस्पांस एक्शन प्लान के शुरुआती दौर में 32 से 33 एयर क्वालिटी मॉनिटरिंग स्टेशनों का नेटवर्क तैयार हो जाएगा, लेकिन दिल्ली सरकार की ढिलाई के कारण यह नेटवर्क 25 स्टेशनों का ही बन पाया है। इसमें भी 13 स्टेशन सीपीसीबी और भू विज्ञान मंत्रालय के हैं, जबकि डीपीसीसी के चार स्टेशन पुराने हैं। दूसरी तरफ दिल्ली में डीटीसी बसों के साथ-साथ इनमें सफर करने वाले यात्रियों की संख्या भी लगातार घट रही है। किराया वृद्धि के बाद मेट्रो के यात्री भी घट रहे हैं, लेकिन सार्वजनिक परिवहन प्रणाली को मजबूत करने के लिए दिल्ली सरकार तब भी उदासीन ही बनी हुई है। इसी का नतीजा है कि सड़कों पर निजी वाहनों की संख्या और आबोहवा में वाहनों का धुआं दोनों बढ़ रहे हैं।

इसमें कोई संदेह नहीं है कि बढ़ते हुए प्रदूषण और अनियंत्रित ट्रैफिक के कारण भारत में जनजीवन बुरी तरह दिशाहीन होता जा रहा है। शारीरिक और मानसिक समस्याएं बढ़ रही हैं। लोगों का स्वास्थ्य प्रभावित हो रहा है। प्रदूषण के कारण कोई भी वस्तु खाने योग्य नहीं रह गई। कभी जिस स्ट्रीट फूड का जबर्दस्त आकर्षण समाज में होता था, आज बढ़ते हुए ट्रैफिक और निरंतर उड़ती धूल के कारण वह स्ट्रीट फूड घातक हो गया है। प्रदूषण अधिक होने के साथ ही धूल के कण या कोई भी चीज आंख में पड़ने पर जलन और खुजली होने लगती है। इससे आंख से पानी आने लगता है और सुबह सोकर उठने के बाद आंख चिपकने लगती है। अल्ट्रा वायलेट किरणों की तीव्रता से भी आंखों को नुकसान होता है। महिलाएं आंखों के मेकअप में प्रयोग होने वाली चीजों जैसे, काजल, आई लाइनर, मस्कारा आदि चीजों का प्रयोग करती हैं, जिसमें कई ऐसे घातक रसायन होते हैं, जो आंख में एलर्जी व संक्रमण पैदा करते हैं। बरसात होने पर वातावरण में आद्रता बढ़ जाती है, जिससे हजारों बैक्टिरिया नीचे आ जाते हैं और लोगों की आंखों को प्रभावित करते हैं और जलन और खुजली की परेशानी बढ़ जाती है।

अतिक्रमण, जाम, गंदगी, प्रदूषण के साथ सार्वजनिक स्थलों में अराजकता की हद तक व्यवस्था के बीच भागम-भाग बड़े शहरों की पहचान बनती जा रही है। यदि यही हालात रहे, तो जल्द ही वे रहने के काबिल नहीं रहेंगे। कभी-कभी तो ऐसा लगता है कि इस देश में कोई भी यह देखने-सोचने वाला नहीं कि शहर और खासकर महानगर आखिरकार आबादी का कितना घनत्व सह सकते हैं। बढ़ती आबादी को देखते हुए उनके नए-पुराने ढांचे में बदलाव करने की जरूरत है। आए दिन भारत में बेतहाशा आबादी और अनियंत्रित ट्रैफिक के कारण सड़कों और बाजारों पर एक अजीब-सी अराजकता और अनुशासनहीनता दिखाई पड़ती है। छोटी-सी अफवाह कई बार बड़ी दुर्घटना और भगदड़ का कारण बन जाती है। ऐसी अनेक घटनाएं घटित हो चुकी हैं। इन घटनाओं में प्रतिवर्ष हजारों लोगों की जान चली जाती है।

कुछ दशक पहले तक केवल सार्वजनिक और धार्मिक मेलों, आयोजनों में ही ऐसा होता था, किंतु अब हर उस जगह ऐसा होने लगा है, जहां भारी भीड़ होती है। हालात इसलिए और बिगड़ रहे हैं, क्योंकि भगदड़ के कारण होने वाले हादसों के बेलगाम सिलसिले के बाद भी भीड़ प्रबंधन के तौर-तरीके अमल में नहीं लाए जा रहे हैं। आज जब कोशिश इसके लिए होनी चाहिए कि महानगरों में बढ़ती आबादी के हिसाब से उनका ढांचा तेजी से निर्मित हो, तब यह देखने को मिल रहा है कि पुराना ढांचा भी जर्जर होता जा रहा है। इसी कारण महानगर और अनेक छोटे-बड़े शहर तथा गांव भी अव्यवस्था, अराजकता और दुर्व्यवस्था से घिरते जा रहे हैं।

यदि हमें देश को बेहतर और आदर्श बनाना है, तो इन परिस्थितियों को बदलना ही होगा। विश्व के कई देशों में इस संदर्भ में नागरिकों के लिए कतिपय कर्तव्य और जिम्मेदारियां निर्धारित की गई हैं। इनका पालन न करने पर दंड तक का प्रावधान है। विश्व के कई देशों में कूड़ा और गंदगी फैलाने वालों के लिए सख्त दंड का प्रावधान है। अमेरिका में गंदगी फैलाने पर 500 डॉलर का अर्थदंड, सामुदायिक सेवा या दोनों हो सकती है। अधिकांश राजमार्गों और पार्कों के लिए यह सजा 1000 डॉलर या एक साल की जेल है। इसी तरह ब्रिटेन में दोषी साबित होने पर अधिकतम 2500 पौंड का अर्थदंड लग सकता है। ऑस्ट्रेलिया में राज्यों के स्तर पर कानून है। अर्थदंड का भी प्रावधान है। नीदरलैंड में गलियों में कूड़ा

फेंकने पर पुलिस जुर्माना कर सकती है।

वर्ष1965 में स्वतंत्र हुआ देश सिंगापुर आज प्रति व्यक्ति आय के मामले में अमेरिका सहित कई विकसित देशों के कान काटे हुए है। यह आज तीसरे पायदान पर है। इस देश के पास कोई प्राकृतिक संसाधन नहीं है। यहां तक कि पेयजल के लिए भी सिंगापुर को मलेशिया पर निर्भर रहना पड़ता है। यहां गलत स्थान पर कूड़ा फेंकने पर 200 डॉलर का अर्थदंड लगाया जाता है। इस संदर्भ में कोई भी दलील और सिफारिश नहीं सुनी जाती। इस देश में च्युंगम पर पूर्ण प्रतिबंध लगा हुआ है। इसकी बिक्री पर सजा का प्रावधान किया गया है। इस देश में कहीं भी आवारा कुत्ते घूमते नहीं मिलते। इन तथ्यों पर गौर करने के बाद जब हम इनकी तुलना भारत से करते हैं, तो निश्चय ही वेदना और शर्मिंदगी का अहसास होता है। इससे पता चलता है कि हम भारतीय समाज और राष्ट्र के प्रति अपने कर्तव्यों के निर्वहन में कितने पीछे और कितने अधिक लापरवाह और उदासीन हैं।

भारतीय दैनिक जीवन में अधिसंख्य नागरिकों की कई ऐसी बुरी आदतें हैं, जिन पर सामान्यतया ध्यान नहीं दिया जाता। वास्तव में इन आदतों से बहुत अधिक कूड़ा और गंदगी पैदा होती है। कूड़े के रूप में विश्व में सर्वाधिक फेंका जाने वाला सामान सिगरेट के टोटे अर्थात बचा हुआ टुकड़ा या पुछल्ला है। कुल मिलाकर लगभग 4.5 ट्रिलियन टोटे सालाना फेंके जाते हैं। सिगरेट के इन बचे हुए टुकड़ों के अपक्षय होने का समय अलग-अलग है। कुछ के अपक्षय होने में पांच साल, तो कुछ में 400 साल तक लग जाते हैं। भारत में सबसे ज्यादा सिगरेट और बीड़ी पीने वाले लोग हैं। सहज ही अंदाजा लगाया जा सकता है कि भारत में यह समस्या कितनी विकराल होगी, जहां सभी व्यक्ति बीड़ी, सिगरेट पीकर कहीं भी इसके टुकड़ों को फेंक देते हैं।

स्वच्छता के लक्ष्य को प्राप्त करने के लिए नागरिक, समाज और सरकार तीनों को मिलकर कार्य करना होगा। कई कार्य ऐसे हैं, जिनके लिए व्यापक संसाधनों और विधिक सामर्थ्य की आवश्यकता है। यह कार्य सरकार और प्रशासन को ही करने होंगे। भारत में प्रदूषण नियंत्रण बोर्डों की स्थापना की अवश्य गई है, किंतु यह अभी पूरी तरह कारगर सिद्ध नहीं हो सकी है। इनके पास संसाधनों और शक्ति की कमी है। प्रायः लोग पर्यावरण से जुड़े मुद्दों को अपेक्षित महत्व नहीं देते। औद्योगिक क्षेत्र द्वारा पर्यावरण नियमों और स्वच्छता मानकों की अवहेलना

किया जाना भारत में एक आम बात है। प्रदूषण नियंत्रण बोर्डों को दायित्व तो कई दिए गए हैं, किंतु इन्हें पर्याप्त शक्ति प्रदान नहीं की गई है।

वस्तुस्थिति यह है कि प्रदूषण नियंत्रण बोर्डों का तो प्राथमिक दायित्व ही यह है कि वे सभी कारखानों को न केवल शोधन संयंत्रों से लैस कराएं, बल्कि यह भी देखें कि वे सही तरह काम कर रहे हैं या नहीं? इस दायित्व की किस तरह अनदेखी की जा रही है, इसका प्रमाण है गंगा एवं अन्य तमाम नदियों का प्रदूषण। नदियों के प्रदूषण में एक बड़ा हाथ उनके तट पर स्थापित उद्योग है। नदियों के तट पर स्थापित उद्योग शोधन संयंत्रों से लैस बताए अवश्य जाते हैं, लेकिन सच्चाई यह है कि वे आधे-अधूरे ढंग से काम करते हैं। कई बार तो वे केवल तब चलते हैं, जब प्रदूषण नियंत्रण विभाग के अधिकारियों के दौरे होते रहते हैं। जैसे ही इन अधिकारियों की निगरानी दौरा खत्म होता है, शोधन संयंत्र काम करना बंद कर देते हैं और उद्योगों का विषाक्त कचरा जल या फिर जमीन में बहाया जाने लगता है। अतीत में कुछ ऐसे मामले सामने आ चुके हैं, जिनमें कारखाने अपना विषाक्त कचरा रिवर्स बोरिंग के जरिए जमीन के अंदर छोड़ रहे थे।

यदि सुप्रीम कोर्ट औद्योगिक कचरे की समस्या के समाधान को लेकर गंभीर है, तो फिर उसे राज्यों के प्रदूषण नियंत्रण बोर्डों को जवाबदेह बनाना चाहिए। औद्योगिक कचरा रोकने में नाकाम अधिकारियों के खिलाफ सख्त कार्रवाई होनी चाहिए। इतना ही नहीं, प्रदूषण नियंत्रण बोर्डों की सुस्ती और नाकामी के लिए राज्य सरकारों की भी खबर ली जानी चाहिए। यह ठीक नहीं कि उन्हें चेतावनी देकर कर्तव्य की इतिश्री कर ली जाती है। चूंकि राज्य सरकारें प्रदूषण की रोकथाम के मामले में गंभीर नहीं, इसलिए नदियों, तालाबों और अन्य जल स्त्रोतों के साथ भूमिगत जल भी दूषित हो रहा है। इसकी रोकथाम के लिए न्यायपालिका के स्तर पर पहले भी आदेश-निर्देश दिए जा चुके हैं, लेकिन कोई उल्लेखनीय सुधार होता नहीं दिख रहा है। इसका एक कारण यह है कि अदालतों के पास ऐसी कोई व्यवस्था नहीं, जिससे वे यह देख सकें कि उनके आदेशों का पालन हो रहा है या नहीं? चूंकि प्रदूषण की रोकथाम के मामले में उच्चतर न्यायपालिका की तमाम सख्ती के बावजूद हालात बदले नहीं, इसलिए बेहतर होगा कि सुप्रीम कोर्ट यह भी देखे कि उसका दखल समस्या के समाधान में सहायक क्यों नहीं बन पा रहा?

पर्यावरण में व्यापक बदलाव और ग्लोबल वार्मिंग एक गंभीर समस्या है।

इससे भविष्य में मानव सभ्यता के समक्ष गंभीर खतरा उत्पन्न हो सकता है। मौसम में व्यापक बदलाव के कारण गर्मी बढ़ती जा रही है और मानसून संकट गहराता जा रहा है। विश्व में कई देश आज गंभीर जल संकट और मानसून की कमी से जूझ रहे हैं। कई देशों को फिलहाल कृत्रिम बारिश से काम चलाना पड़ रहा है। इसके अंतर्गत रॉकेट या विमान द्वारा कुछ खास रसायनों का छिड़काव बादलों पर किया जाता है। कृत्रिम बारिश होती है। रसायनों में प्रमुख रूप से सिल्वर आयोडाइड, पोटेशियम आयोडाइड, तरल प्रोपेन और ड्राइ आइस का प्रयोग होता है। बारिश के साथ छाए प्रदूषक तत्व नीचे गिर जाते हैं और धुंध साफ हो जाती है। कई देश इसका इस्तेमाल करके बारिश कराते हैं।

वर्ष 2008 में बीजिंग में हुए ग्रीष्मकालीन ओलंपिक खेलों में बारिश से बचने के लिए इसका प्रयोग हुआ था। विज्ञान के प्रयोग से मनुष्य कई पर्यावरणीय समस्याओं से निपटने का यत्न कर रहा है। बढ़ते वायु प्रदूषण को रोकने के लिए हवा शोधक बल्ब (एयर प्यूरीफायर बल्ब) का प्रयोग किया जा रहा है। ये बल्ब घर के अंदर मौजूद प्रदूषक तत्वों को जमीन पर एकत्र कर देते हैं। ये बल्ब ई-कामर्स वेबसाइट पर ऑनलाइन खरीद के लिए उपलब्ध हैं। इनकी कीमत 700 से तीन हजार रुपए के बीच है। इसी प्रकार प्रकाश उत्प्रेरक पदार्थ (फोटो कैटालिटिक मैटेरियल) का प्रयोग भी प्रदूषण से लड़ने के लिए किया जा रहा है। यह खास पदार्थ सूर्य की रोशनी के साथ प्रतिक्रिया करके वातावरण से प्रदूषक तत्वों को हटाने में मदद करते हैं।

विश्व में कई कंपनियां इस पर शोध कर रही हैं। वाहनों में इसके इस्तेमाल से वातावरण में मौजूद प्रदूषण को काफी हद तक कम किया जा सकता है। ब्रिटिश संस्था एनवायरमेंटल इंडस्ट्री कमीशन की रिपोर्ट के अनुसार इस पदार्थ को अगर सड़कों पर लगाया जाए, तो कई फायदे होंगे। यह काफी सस्ता पड़ेगा। साथ ही इससे वातावरण में मौजूद पीएम 2.5, पीएम 10 और नाइट्रोजन ऑक्साइड को बड़ी मात्रा में घटाया जा सकता है। इस पदार्थ में टाइटेनियम डाइऑक्साइड का प्रयोग प्रमुख रूप से होता है।

इसी प्रकार जीटीएल ईंधन (गैस टू लिक्विड फ्यूल) का प्रयोग डीजल के विकल्प के रूप में किया जा रहा है। प्राकृतिक गैस से रिफाइनरी प्रणाली के जरिए तरल रूप से प्राप्त होता है। कुछ निजी तेल कंपनियां इसको नीदरलैंड और ब्रिटेन

के बाजार में उतार चुकी हैं। इसका परीक्षण का दावा किया गया है कि बड़े ट्रकों, बसों और समुद्री जहाजों में इसके इस्तेमाल से नाइट्रोजन ऑक्साइड का उत्सर्जन 5 प्रतिशत से लेकर 37 प्रतिशत और प्रदूषक अभिकणों पीएम 2.5 और पीएम 10 का उत्सर्जन 10 प्रतिशत से लेकर 38 प्रतिशत तक घटा है। प्राकृतिक गैस से डीजल का एक अन्य विकल्प डाइमिथाइल ईथर भी तैयार करने का दावा भी किया गया है। इससे नाइट्रोजन डाइऑक्साइड का उत्सर्जन 25 प्रतिशत घटने का दावा किया गया है। इसके इस्तेमाल के लिए इंजनों में बदलाव करना होगा। फोर्ड और वाल्वो जैसी कंपनियां वाहनों में इसके इस्तेमाल पर शोध कर रही हैं।

पर्यावरण को बचाने के लिए स्वच्छ ऊर्जा के विस्तार की आवश्यकता होगी। इसमें कोई संदेह नहीं है कि वाहनों की बढ़ती संख्या ने पर्यावरण को सबसे अधिक क्षति पहुंचाई है। किस प्रकार वाहनों की संख्या कम की जाए, यह एक बड़ी चुनौती है। इसके साथ ही इस पर भी ध्यान देना होगा कि जो वाहन अभी चलन में हैं, उनसे किस प्रकार पर्यावरण को होने वाली क्षति को रोका जाए अथवा न्यूनतम किया जाए। जब तक इन दोनों ही बिंदुओं पर विचार और कार्य नहीं होगा, तब तक पर्यावरण और आबोहवा में कोई विशेष बदलाव आने वाला नहीं है। इसके विपरीत पर्यावरण क्षरण की स्थिति और वायु-जल की गुणवत्ता दिनोंदिन गिरना तय है।

2

जहरीली होती आबोहवा

दिनोंदिन बढ़ते वायु प्रदूषण से पीड़ित अधिकांश शहर इस समस्या से निपटने की भरसक कोशिशों में लगे हैं। कहीं बड़ी संख्या में पेड़ लगाए जा रहे हैं, तो कोई जीवाश्म ईंधन को छोड़कर नवीकरणीय ऊर्जा की ओर बढ़ रहा है। इसी क्रम में एक खास तरह के 'पेड़' भी विश्व के कई बड़े शहरों में प्रदूषण की समस्या से निपटने में मददगार बन रहे हैं। दीवारनुमा ढांचे में कोई (मॉस) लगाकर बनाए गए सिटी ट्री नामक ये पेड़ तकनीक की मदद से वातावरण में मौजूद धूल, कार्बन डाइऑक्साइड, नाइट्रोजन डाइऑक्साइड और अन्य ग्रीन हाउस गैसों समेत जानलेवा प्रदूषक तत्वों को भी खत्म कर रहे हैं। इन्हें बर्लिन की कंपनी ग्रीन सिटी साल्यूशंस ने बनाया है। कंपनी का कहना है कि एक सिटी ट्री से करीब 275 पेड़ों के समान फायदे मिलते हैं। इन्हें काई से बनाया गया है, जिसे मॉस कल्चर कहते हैं। फूल रहित इस पादप में पत्तियों का आकार बड़ा होता है, इस कारण वातावरण से अधिक मात्रा में प्रदूषक तत्वों को खत्म करने में मदद मिलती है।

सिटी ट्री को चार दोस्तों झेजियांग वू, विक्टर स्पिलिट्जर्बर, डेनेस होनस और पीटर सैंगर ने बनाया है। जर्मनी की ड्रेसडेन यूनिवर्सिटी ऑफ टेक्नोलॉजी से स्नातक होने के बाद तीनों ने यूनिवर्सिटी में पर्यावरण संरक्षण के लिए वर्कशॉप शुरू की। चार साल पहले तीनों पीटर से मिले और फिर चारों ने मिलकर सिटी ट्री बनाया। सिटी ट्री को ओस्लो, पेरिस, ब्रसेल्स और हांग कांग में लगाया जा चुका है। इटली के मोडेना शहर में लगाया जा रहा है। साथ ही टीम के पास भारत जैसे देशों में भी इसे लगाने की योजना तैयार है। सिटी ट्री की ऊंचाई 4 मीटर, चौड़ाई 3 मीटर तथा गहराई 2.19 मीटर है। इसकी कीमत 16.06 लाख रुपए है। सिटी ट्री द्वारा वातावरण से प्रतिदिन खत्म किए जाने वाले प्रदूषक तत्वों और हानिकारक गैसों की मात्रा 250 ग्राम है। वातावण से सालाना खत्म की जाने वाली कार्बन

डाइऑक्साइड की मात्रा 240 मीट्रिक टन है। वायु प्रदूषण से होने वाली सालाना वैश्विक मौतें 70 लाख है। खतरनाक स्तर पर वायु प्रदूषित क्षेत्रों में रहने वाली आबादी 80 प्रतिशत है। कुल 20 सिटी ट्री लगाए गए हैं। यह उच्च तकनीक से लैस होते हैं। सिटी ट्री में वाइफाइ सेंसर लगे हैं, जो स्थानीय हवा की गुणवत्ता मापते हैं। काई की गुणवत्ता जांचने के लिए भी सेंसर लगे हैं, जो मिट्टी की नमी, तापमान और पानी की गुणवत्ता की समय-समय पर जांच करके सूचित करते हैं। कुछ सेंसर सिटी ट्री के काम कर सकने की क्षमता को भी जांचकर बताते हैं। इसमें सोलर पैनल लगे हैं, जो इसमें लगे उपकरणों को बिजली देते हैं। वर्षा जल का संचयन होता है, जिससे मिट्टी को पानी उपलब्ध होता है। इसमें लगी स्क्रीन को विज्ञापन के लिए इस्तेमाल किया जाता है।

प्रदूषण से सीधी जंग लड़ने का समय आ गया है। विश्व के कई देश इस लड़ाई को बहुत गंभीरतापूर्वक लड़ रहे हैं। कई शहरों में अनुकरणीय मॉडल विकसित किए गए हैं। प्रदूषण को परास्त करने के लिए विश्व के 12 बड़े शहरों ने मोर्चा खोल दिया है। इन 12 बड़े शहरों-लंदन, पेरिस, लॉस एंजिलिस, केपटाउन, कोपेनहेगन, बार्सीलोना, क्विटो, वैंकुवर, मेक्सिको सिटी, मिलान, सीटल और ऑकलैंड की कुल आबादी लगभग 8 करोड़ है तथा इन शहरों में लगभग 60 हजार बसें चलती हैं। यूं तो विश्व के सभी शहर प्रदूषण से हलकान हैं। हर साल लाखों लोग जहरीले प्रदूषण के शिकार हो रहे हैं। प्रदूषण की इस विकराल समस्या से लड़ने के लिए विश्व के 12 प्रमुख शहरों ने हाथ मिलाया है। दूसरे शहरों के लिए वे मिसाल हैं, क्योंकि उन्होंने सरकारों के भरोसे न रहकर उत्सर्जन का खुद का लक्ष्य तय किया है। लंदन, पेरिस, केपटाउन से लेकर लॉस एंजिलिस तक इन शहरों ने 2025 तक केवल शून्य उत्सर्जन वाली बसों को खरीदने का संकल्प लिया। साथ ही शहर के बड़े हिस्से को 2030 तक जीवाश्म ईंधन मुक्त करने के लिए एक साझा घोषणापत्र भी जारी किया गया है। 'फसिल फ्यूल फ्री स्ट्रीट्स डेक्लेरेशन' नामक साझा घोषणापत्र के तहत इन देशों ने पैदल चलने, साइकिलिंग और सार्वजनिक यातायात प्रणाली को बढ़ावा देने का संकल्प लिया है। इसके लिए इन शहरों में आधारभूत सुविधाएं भी तेजी से तैयार की जाएंगी।

कई मामलों में यह शहर सरकार के फैसलों और लागू योजनाओं से कहीं अधिक दूरगामी मॉडल पर काम कर रहे हैं। प्रदूषण को रोकने के लिए इनमें से

कई शहरों ने अपनी सरकारों से कड़े पर्यावरण लक्ष्य ले रखा है। इनका मानना है कि बिना इसके ग्रीनहाउस गैसों के उत्सर्जन को रोकने के लिए 2015 के पेरिस जलवायु समझौते के लक्ष्य को पाया नहीं जा सकेगा। जलवायु परिवर्तन को रोकने के लिए अंतर्राष्ट्रीय स्तर पर शहरों के सी-40 समूह के इन 12 शहरों के मेयरों का कहना है कि ग्लोबल वार्मिंग को रोकने के लिए 2025 से वे केवल उन्हीं बसों को खरीदेंगे, जो उत्सर्जन मुक्त होंगी। साथ ही 2030 तक वे अपने शहर के बड़े हिस्से को भी उत्सर्जन मुक्त होना सुनिश्चित करेंगे।

इलेक्ट्रिक बसों के प्रयोग के मामले में लंदन अव्वल है। लंदन के पास 2500 से ज्यादा हाइब्रिड इलेक्ट्रिक बसें हैं। यह संख्या यूरोप के किसी भी शहर से सर्वाधिक है। इन शहरों में उत्सर्जन मुक्त क्षेत्र का विस्तार किया जा रहा है। हालांकि इन क्षेत्रों का दायरा नहीं तय किया गया है, लेकिन इन क्षेत्रों में ज्यादा से ज्यादा पार्क बनाए जाएंगे। पैदल चलने वाले क्षेत्र होंगे। इन इलाकों की सड़कों पर केवल बिजली या हाइड्रोजन से चलने वाले वाहन ही दौड़ेंगे। आने वाले वर्षों में बार्सीलोना 408 एकड़ ग्रीन क्षेत्र में और वृद्धि करेगा। बाइक लेन की संख्या बढ़ाएगा और निजी वाहनों की संख्या में काफी कमी करेगा।

विश्व के शहरों में पेट्रोल और डीजल से चलने वाले वाहनों से हो रहा वायु प्रदूषण हर साल लाखों लोगों की जान ले रहा है। यही उत्सर्जन जलवायु परिवर्तन की वजह भी बन रहा है। वर्ष 2015 में प्रदूषण से विश्वभर में 90 लाख लोग मारे गए। इनमें प्रदूषित हवा से जान गंवाने वालों की संख्या सर्वाधिक 65 लाख रही। दूषित पानी जान लेने वाला दूसरा बड़ा प्रदूषण रहा। इसने 18 लाख लोगों को अपना शिकार बनाया। अकेले भारत में 25 लाख लोग प्रदूषण का शिकार बने। चीन में 18 लाख लोगों के मौत की वजह प्रदूषण बना। यह आंकड़े यह बताने के लिए काफी है कि मानव सभ्यता तेजी से खतरे के निशान को पार कर रही है। अब हमें छोटे-मोटे कदमों के स्थान पर बड़े कदम उठाने होंगे। अब हमारे पास बिल्कुल भी समय शेष नहीं है।

पर्यावरण के संदर्भ में अपेक्षाकृत निर्धन, संसाधनविहीन और अविकसित देशों में स्थिति बहुत ज्यादा गंभीर होती जा रही है। इन देशों के पास संसाधनों की कमी है और वे अपनी बढ़ती हुई आबादी को पर्यावरण और स्वच्छता का पाठ पढ़ाने में असमर्थ साबित हो रहे हैं। यह देश अभी भी येन-केन-प्रकारेण

अपने नागरिकों के उदर-पोषण और रोजगार की समस्या से जूझ रहे हैं। इन देशों में व्यापक अशिक्षा और गरीबी है। यहां नागरिकों में पर्यावरण और स्वच्छता के संदर्भ में समझ और जागरूकता की व्यापक कमी दिखाई पड़ती है। भारत जैसे देश में आज भी हम प्रदूषण और गंदगी से लड़ने के लिए बड़े कदम नहीं उठा पा रहे हैं। जब भी ऐसे फैसले लिए जाते हैं, तो उनका व्यापक विरोध होता है। राजनैतिक कारणों से सरकारें जनता के विरोध को देखते हुए पर्यावरण के हित में बड़े फैसले नहीं ले पाती हैं।

प्रदूषण से निपटने के लिए ऑड-इवेन (सम-विषम) के सिवाय और भी रास्ते हैं, लेकिन उन्हें लागू करने के लिए सरकार को सख्ती करनी होगी। हमें आग लगने पर ही कुंआ खोदने की प्रवृत्ति से ऊपर उठना होगा। प्रदूषण से निपटने के लिए देशव्यापी वार्षिक कार्ययोजना विकसित करने की आवश्यकता है। यदि हम पूरे साल प्रदूषण पर चिंता और काम करें, तो प्रदूषण को कम किया जा सकता है, लेकिन सर्दी का मौसम आते ही और प्रदूषण के खतरनाक स्तर पर पहुंचते ही हाहाकार मचने लगता है। दिखावे के लिए हलचल मच जाती है। यह सब केवल अब तो प्रचार का माध्यम बनने तक ही सीमित होता जा रहा है। प्रदूषण की समस्या से लड़ने के लिए वास्तविक प्रयास बहुत कम हो रहे हैं। यदि वास्तव में प्रदूषण पर काबू पाना है, तो दिल्ली के साथ पड़ोसी राज्यों को दिल्ली-एनसीआर को एक शहर मानकर दीर्घकालिक उपाय करने होंगे।

प्रदूषण की समस्या से लड़ने के लिए दिल्ली, हरियाणा, उत्तर प्रदेश, पंजाब की राज्य सरकारों को एक साथ बैठकर दीर्घकालिक और प्रभावी योजना बनानी चाहिए। सभी सरकारों के पास पर्याप्त धन है, लेकिन योजनाएं बनने से पहले सरकारें अपने-अपने डीजल वाहनों के पंजीकरण पर तुरंत प्रभाव से रोक लगाएं। इससे बहुत जल्द ही अच्छे परिणाम दिखने लगेंगे। ट्रकों को रोकना एक समाधान नहीं है। इसका असली समाधान ईमानदार इच्छाशक्ति से कार्य करना है। इसलिए केवल बीएस-4 की तकनीक वाले ट्रकों के प्रवेश की ही इजाजत हो। अगर ऐसा नहीं किया, तो मजदूर ट्रक चालक और व्यापारी हर साल परेशान होते रहेंगे। केवल सरकारें प्रदूषण कम नहीं कर सकतीं। इसमें जनता की भी भागीदारी होनी चाहिए। प्रत्येक व्यक्ति चाहे दो पहिया वाहन चालक हो या फिर चार पहिया वाहन चालक हों, सभी यह सोचते हैं कि हम गुनहगार नहीं है। ऐसा ही हाल औद्योगिक

क्षेत्रों के साथ रियल एस्टेट का है। सभी अपने प्रदूषण को कम आंकते हैं और फिर यह प्रदूषण भयानक हो जाता है।

देश में वर्ष 2030 में इलेक्ट्रॉनिक परिवहन व्यवस्था लागू करने की बात की जा रही है, लेकिन अगर दिल्ली के साथ दूसरे राज्यों की आबोहवा को साफ रखना है, तो इसे पांच साल में लागू करना होगा। इसमें ई-बस, ई-कार और ई-ऑटो जैसे वाहनों को शुरू करना होगा। इलेक्ट्रॉनिक परिवहन व्यवस्था के लिए कारखाने लगाने होंगे। इसी तरह प्रदूषण बढ़ने पर आम लोगों के जेनरेटरों को तो प्रतिबंधित कर दिया गया, लेकिन दिल्ली में 2500 मोबाइल टॉवर में जेनरेटरों का उपयोग होता है, उस पर कोई कार्रवाई नहीं कर रहा है। इस पर भी ध्यान देने की आवश्यकता है।

जानलेवा साबित हो रहे प्रदूषण के मामले में दिखावटी सक्रियता का प्रदर्शन किया जाना उचित नहीं होगा। सर्दियों में दिल्ली-एनसीआर समेत उत्तर भारत के तमाम शहरों में वायु प्रदूषण इसलिए खतरनाक स्तर पर पहुंच रहा है, क्योंकि अनियोजित विकास की अनदेखी के चलते शहरीकरण बेहद बेतरतीब स्थिति में पहुंच गया है। बीते एक दशक में प्रदूषण का स्तर अपने उच्चतम स्तर को पार कर गया है। उत्तर भारत के बड़ी आबादी वाले अधिकांश शहर धूल और वाहनों के उत्सर्जन रूपी धुएं से अटते जा रहे हैं। प्रत्येक वर्ष सर्दियां शुरू होते ही जब पंजाब, हरियाणा के साथ उत्तर प्रदेश, उत्तराखंड के कुछ हिस्सों में फसलों के अवशेष खेत में ही जलाए जाने लगते हैं, तो उनका धुआं प्रदूषण को गंभीर बना देता है। बावजूद इसके जब प्रदूषण स्मॉग में परिवर्तित हो जाता है, तब ऐसे व्यवहार किया जाता है, मानों कोई अनोखी समस्या सामने आ गई है। प्रदूषण के लिए जिम्मेदार सभी पक्ष केवल एक-दूसरे पर आरोप-प्रत्यारोप लगाकर अपना पल्ला झाड़ने का प्रयास करते दिखाई पड़ते हैं।

जिस तरह हमारे नीति-नियंताओं को यह पता है कि प्रदूषण खतरनाक रूप क्यों ले लेता है, उसी तरह यह भी पता है कि उससे प्रभावी तरीके से निपटा कैसे जा सकता है, लेकिन इच्छाशक्ति की कमी के चलते तरह-तरह के बहाने बनाए जाते हैं। इससे बड़ी विडंबना और कोई नहीं हो सकती कि स्वच्छ भारत अभियान के इस दौर में देश की राजधानी में भी सड़कों पर झाड़ू फेरकर धूल साफ करने के नाम पर उसे उड़ाने का ही काम अधिक होता है। यह आश्चर्यजनक है कि कोई

भी यह नहीं देख पा रहा है कि शहरों में जाम और अतिक्रमण के चलते वाहन किस तरह रेंगते हुए और विषैला धुआं छोड़ते हुए चलते हैं।

प्रदूषण संबंधी अनेक शोध अध्ययन लगभग यही बताते हैं कि वायु प्रदूषण बढ़ाने में सबसे बड़ा हाथ वाहनों के उत्सर्जन के साथ सड़कों और निर्माण स्थलों से उड़ने वाली धूल का है। इन मूल कारणों का निवारण करने के स्थान पर प्रायः प्रभावी नीति निर्माण के नाम पर समय बर्बाद किया जाता है, तो कभी तात्कालिक उपाय खोजने मे। इसी प्रकार उन्नत तकनीक की तलाश में भी बहुत अधिक समय, श्रम और संसाधन खर्च किए जा रहे हैं। यह एक गंभीर समस्या से जान-बूझकर मुंह मोड़ने वाला रवैया है। यदि इसी प्रकार का लापरवाह दृष्टिकोण कायम रहा, तो निकट भविष्य में स्थिति भयावह हो जाएगी। हमारे शहर रहने लायक नहीं बचेंगे। वैसे आज भी शहरों में रहने लायक उचित पर्यावरण और स्वच्छता का स्तर दिखाई नहीं पड़ रहा है।

प्रदूषण के संदर्भ में नीतिगत जटिलता को दूर किया जाना चाहिए। इस संदर्भ में आर्थिक नीतियों और कर कानूनों को भी और अधिक पर्यावरण उन्मुख तथा दूरगामी बनाने की आवश्यकता है। उदाहरण के लिए आज सर्वाधिक प्रदूषण फैलाने वाला ईंधन कर से मुक्त है, जबकि स्वच्छ ईंधन पर भारी कर लगाया गया है। वस्तु एवं सेवा कर अधिनियम (जीएसटी) के तहत प्रदूषण फैलाने वाले और जहरीले फर्नेस तेल इस्तेमाल करने वाले उद्योगों को पूर्ण रिफंड दिया जाता है, लेकिन प्राकृतिक गैस को जीएसटी से बाहर रखा गया है। रिफंड भी संभव नहीं है। इसका आशय यही है कि अगर उद्यमी साफ हवा में अपना योगदान देना भी चाहे, तो नहीं दे सकता।

हम विश्व में सबसे ज्यादा प्रदूषण फैलाने वाले ईंधन पेटकॉक, जो पेट्रोलियम इंडस्ट्री का सह उत्पाद ही है और जिसमें हैवी मेटल्स के उत्सर्जन और सल्फर की अत्यधिक मात्रा होती है, का अमेरिका से आयात कर रहे हैं। अमेरिका में यह प्रतिबंधित है, लेकिन हमें कोई समस्या नहीं है। चीन ने भी इसका आयात बंद कर दिया है, लेकिन हमने ओपन जनरल लाइसेंस के तहत इसकी इजाजत दे रखी है। वर्ष 2014 में हमने इसका 60 लाख टन आयात किया था। वर्ष 2017 में हमने इसमें बड़ी वृद्धि करते हुए 140 लाख टन का आयात किया। यह हमारे घरेलू उत्पादन के बराबर है, जो करीब 120-140 लाख टन है। इसके इस्तेमाल

पर रोक लगाने के लिए कोई कदम नहीं उठाए गए हैं और न ही इसके इस्तेमाल के मानक तय किए गए हैं।

हमें शहरी क्षेत्रों में बढ़ते हुए वायु प्रदूषण की स्थिति को नियंत्रित करने के लिए हरसंभव कदम उठाने चाहिए। यूं तो प्रदूषण की समस्या देशव्यापी है, किंतु महानगरों में यह स्थिति सर्वाधिक विस्फोटक बनी हुई है। भले ही दिल्ली और उसके आसपास के इलाकों में प्रदूषण की गंभीर स्थिति पर सबका ध्यान केंद्रित हो, लेकिन सच यह है कि दिल्ली-एनसीआर सरीखी स्थिति उत्तर भारत के अन्य अनेक शहरों की भी है। इनमें केवल पटना, कानपुर, वाराणसी, चंडीगढ़ और जालंधर जैसे बड़े शहर ही नहीं, बल्कि गया, ग्वालियर, मुरादाबाद सरीखे शहर भी शामिल हैं। इतना ही नहीं, उत्तर भारत के बाहर के भी कई शहरों में प्रदूषण गंभीर स्थिति में पहुंचता दिख रहा है। महाराष्ट्र, पश्चिम बंगाल और कर्नाटक के शहर भी प्रदूषण की चपेट में दिख रहे हैं। विडंबना यह है कि दिल्ली-एनसीआर के प्रदूषण पर गंभीर चर्चा के बावजूद उससे निपटने के ठोस उपाय अमल में नहीं लाए जा पा रहे हैं। देश के अन्य शहरों में प्रदूषण की गंभीरता को लेकर कोई ठोस चर्चा तक नहीं हो पा रही है। प्रदूषण की रोकथाम की दिशा में संकीर्ण राजनैतिक हितों को महत्व नहीं दिया जाना चाहिए। कई राज्यों में प्रदूषण जैसे अहम मुद्दे पर भी केंद्र-राज्य टकराव की स्थिति दिखाई पड़ती है।

राष्ट्रीय राजधानी क्षेत्र में बढ़ता वायु प्रदूषण भले ही सरकारी अमले को ज्यादा परेशान नहीं करता हो, लेकिन दिल्ली हाईकोर्ट और नेशनल ग्रीन ट्रिब्यूनल (एनजीटी) का रुख इस दिशा में काफी सख्त है। केंद्र सरकार ऑटो इंडस्ट्री के दबाव में जरूर 10 साल से पुराने डीजल वाहनों पर दिल्ली और एनसीआर में लगे प्रतिबंध को हटाने का हरसंभव प्रयास कर रही हो, लेकिन एनजीटी के कड़े रुख के आगे उनकी एक नहीं चली है। 10 साल पुराने डीजल वाहनों को विभिन्न राज्यों में केवल चिन्हित प्रदूषण रहित क्षेत्रों में चलाने की इजाजत दी गई है। राज्य सरकारों द्वारा अब तक अपनी सीमाओं में ऐसे क्षेत्रों की जानकारी देने में एक साल से लगातार हो रही देरी पर हाल ही में एनजीटी ने साफ किया था कि हमें इन पुराने डीजल वाहनों को कबाड़ में बेचे जाने का आदेश देने में भी कोई आपत्ति नहीं है। अगर हमने (एनजीटी) इन्हें कबाड़ में बेचने का आदेश पारित किया, तो सरकारें ही दोबारा दया याचिका लेकर आएंगी।

3

विषाक्त हवा, चहुंओर धुआं

कचरा प्रबंधन, सड़कों की धूल रोकने और निजी वाहनों का इस्तेमाल कम करने की दिशा में भारत की राजधानी दिल्ली तक में कोई सुस्पष्ट कार्ययोजना दिखाई नहीं पड़ती। यहां तक कि ग्रेडेड रिस्पांस एक्शन प्लान (ग्रेप) के जो मानक इस समय समूचे दिल्ली-एनसीआर में लागू हैं, उनका भी दिल्ली में ईमानदारी से पालन नहीं हो रहा। दिल्ली सरकार इसके लिए नगर निगम को कटघरे में खड़ा करती है, जबकि नगर निगम दिल्ली सरकार को। इसका दुष्परिणाम दिल्ली की जनता को भुगतना पड़ रहा है। केवल ग्रेप बना देना ही महत्वपूर्ण नहीं है, बल्कि उसका सही ढंग से क्रियान्वयन आवश्यक है। संबंधित एजेंसियां कितनी सख्ती से इसे लागू करवा रही हैं। डीजल वाहनों पर बिक्री बंद थी, लेकिन अब फिर उसे खोल दिया गया है।

अनेकानेक सतर्कता के बाद भी अगर राष्ट्रीय राजधानी क्षेत्र में वायु प्रदूषण इतने खतरनाक स्तर तक पहुंच गया है कि प्रत्येक वर्ष कई बार छोटी कक्षाओं के स्कूल बंद करने का फैसला लेना पड़ता है, तो इसका सीधा मतलब यही है कि प्रदूषण की रोकथाम के लिए जरूरी उपाय अभी तक नहीं किए जा सके हैं। निश्चित रूप से यदि प्रदूषण रोकने के मामले में वैसी ही हीलाहवाली की जाती रही, जैसी दिल्ली में देखने को मिली, तो यह तय है कि राजधानी जैसी स्थिति देश के अन्य हिस्सों और खासकर उत्तर भारत में देखने को मिलेगी। प्रत्येक वर्ष सर्दियों में वायु प्रदूषण घातक स्तर पर पहुंच जाता है। आने वाले समय में जब सर्दी बढ़ने के कारण हवा में नमी बढ़ेगी, तो देश के अन्य शहरों में भी प्रदूषण घातक स्थिति में पहुंच सकता है।

देश में बढ़ती वाहन संस्कृति और बढ़ते उपभोक्तावाद के कारण भी समाज में प्रदूषण और अनुशासनहीनता बढ़ रही है। कोई भी दूर की सोचना नहीं चाहता

है। सभी आज में जी रहे हैं। भावी पीढ़ी के भविष्य की चिंता कोई नहीं कर रहा है। वाहनों का अंधाधुंध प्रयोग हो रहा है। अनावश्यक रूप से वाहनों को स्टेटस सिंबल बना दिया गया है। हैसियत से परे जाकर ऋण लेकर उपभोक्तावादी शौक पूरे किए जा रहे हैं। सक्षम व्यक्तियों द्वारा भी बिना विचार किए प्राकृतिक संसाधनों का दुरुपयोग किया जा रहा है।

भारत के सक्षम और समृद्ध वर्ग, जिसमें राजनैतिक वर्ग, अधिकारी और व्यापारी वर्ग शामिल हैं, इनके द्वारा ही सबसे अधिक डीजल कारों का उपयोग किया जा रहा है। इस प्रभावी वर्ग के दबाव में सरकार द्वारा डीजल कार पर प्रतिबंध नहीं लगाया जाता है। यह प्रभावी वर्ग प्रदूषण से भी उतना प्रभावित नहीं होता है, जितना कि आम आदमी। इनके ऑफिस में सेंट्रल एयर कंडीशनिंग सिस्टम लगा रहता है, जो वायु को प्रदूषण से मुक्त कर देता है। इसी प्रकार यह वर्ग बोतलबंद पानी का उपयोग कर अपने आप को बचा लेता है। इसलिए इस वर्ग की मानसिकता डीजल कार का उपयोग करने की बनी रहती है। निष्कर्ष है कि वायु प्रदूषण से संपूर्ण समाज को हानि हो रही है, क्योंकि सरकार अपने दायित्व को नहीं निभा रही है। बीते समय में दिल्ली सरकार द्वारा बसों तथा टैक्सियों को सीएनजी पर चलाए जाने का नियम बनाया गया, जो इसी सिद्धांत के क्रियान्वयन का स्वर्णिम अपवाद है।

वायु प्रदूषण का एक अन्य मुख्य स्त्रोत उद्योग-धंधे तथा निर्माण इकाइयां हैं। उद्योगों द्वारा जहरीली गैस छोड़ी जाती है। लाभ चुनिंदा उद्यमियों अथवा प्रभावी वर्ग को होता है, जो कि उद्योगों द्वारा उत्पादित अधिकाधिक माल की खपत करता है। उससे कई गुना नुकसान आम जनता को होता है। तीसरा स्त्रोत बिल्डिंग कंस्ट्रक्शन है। इसमें बड़ी मात्रा में धूल उड़ती है। लाभ चुनिंदा बिल्डरों को होता है, लेकिन हानि लाखों परिवारों की होती है।

प्रदूषण का एक अन्य बड़ा कारक कोयला आधारित बिजली प्लांट भी हैं। इनके द्वारा कार्बन डाइऑक्साइड के साथ-साथ सल्फर तथा नाइट्रोजन के हानिकारक केमिकल्स वायु में छोड़े जाते हैं। बायलर की गैस को हवा में छोड़ने के पहले इन केमिकल को पकड़ कर अलग किया जा सकता है। उत्सर्जित कार्बन को पकड़ने के लिए वृक्षारोपण किया जा सकता है। इन कार्यों को करने में बिजली कंपनियों पर भार पड़ेगा और लाभ पूरी जनता को होगा। पांचवा स्त्रोत

जल विद्युत परियोजनाएं हैं। टिहरी, भाखड़ा और सरदार सरोवर जैसी झीलों से जहरीली मीथेन गैस निकलती है। कोयले और जलविद्युत परियोजनाओं से बनी बिजली का अधिकाधिक प्रयोग प्रभावी वर्ग ही करता है। इनका मासिक बिजली का बिल 10,000 रुपए होना आम बात है। प्रदूषण के इन स्त्रोतों पर प्रतिबंध लगाया जाए, तो इस वर्ग को हानि ज्यादा होती है।

दिल्ली-एनसीआर क्षेत्र इस समय भयंकर वायु प्रदूषण से गुजर रहा है। इसका असर सामान्य जनजीवन पर देखा जा सकता है। लोगों का बाहर निकलना मुश्किल हो गया है। लोग आंखों में चुभन और सांस लेने में दिक्कत महसूस कर रहे हैं। कभी-कभी तो दम घुटता जैसा लगता है। इस वक्त जो हालात हैं, उससे तो यही लगता है कि आने वाले दिनों में दिल्ली-एनसीआर वासियों को स्मॉग से फिलहाल कोई राहत मिलने के आसार नहीं हैं। प्रदूषण को लेकर एनजीटी अपनी नाराजगी पहले ही जाहिर कर चुका है और दिल्ली सरकार को स्मॉग कम करने के उपायों के बारे में सोचने को भी कहा है। इसी के मद्देनजर दिल्ली सरकार एक बार फिर ऑड-इवन लागू करने वाली थी, लेकिन एनजीटी की कड़ी शर्तों के कारण सरकार को फैसला वापस लेना पड़ा। वैसे ऑड-इवन इस समस्या का स्थाई समाधान नहीं है। इसके अलावा अन्य विकल्पों पर भी केंद्र और राज्य सरकारों को विचार करना चाहिए। सर्दी के आरंभ में इस तरह की समस्या हर साल की हो गई है। कुछ लोगों का कहना है कि दिल्ली में प्रदूषण की समस्या कुछ अन्य देशों की धूल आने से हो रही है।

आजकल शहरों में धुंध छाए रहना सामान्य बात हो गई है। शरद ऋतु में यह स्थिति और गंभीर हो जाती है। प्रतिवर्ष सर्दियों मे दिखने वाला धुंध प्रदूषणजनित है। यह धुंध लोगों के जीवनकाल को भी धुंधला कर रही है। लगभग दो से तीन दशक पहले भारतीय महानगर इस समस्या से पीड़ित नहीं थे। तथाकथित विकास के साइड इफेक्ट अब सामने आ रहे हैं। धुंध यदा-कदा पहले भी होती थी, लेकिन यह इस कदर विषाक्त नहीं थी। हानिकारक गैसों और तत्वों से भरी इस धुंध से बचने के लिए यहां जनजीवन को घर में कैद होने की सलाह दी जा रही है। अब कोई भी सामान्य समझ का आदमी यह अनुमान आसानी से लगा सकता है कि घर में बैठकर वह कब तक अपनी जरूरतें पूरी कर सकेगा। निश्चित रूप से यह कोई उपाय नहीं हो सकता। हमें इस समस्या से निपटने के लिए एक सुविचारित,

दीर्घकालिक तथा प्रभावी योजना विकसित करनी होगी। भारतीय महानगर आज प्रदूषण की मार से त्रस्त हैं, तो इसका मुख्य कारण देश के नागरिकों और शासन तंत्र की लापरवाही और दृष्टिहीनता ही है।

हमारे महानगरों की यह दुर्गति पिछले दो दशकों से अनवरत जारी है। इसके लिए सरकार से लेकर समाज तक सब दोषी हैं। छोटे लाभ के लिए आबोहवा को लोग तबाह करते रहे और सरकार मौन साधे रही। बिगड़ती वायु को प्राणवायु बनाने की जहमत किसी ने नहीं उठाई। अब इस समस्या का रंग-रूप और आकार बढ़ रहा है। देश के अनेकानेक शहरों की वायु गुणवत्ता निरंतर बदतर हो रही है। यह सुनिश्चित है कि यदि लोगों ने तत्काल जीवन जीने के अपने तौर-तरीके नहीं बदले और सरकारों ने पर्यावरण बचाने में दृढ़ इच्छाशक्ति नहीं दिखाई, तो पूरा देश प्रदूषण की जद में आ जाएगा।

प्रत्येक वर्ष सर्दियों में होने वाले स्मॉग के कहर से अचानक सरकार व निजी अस्पतालों में मरीजों की भीड़ बढ़ जाती है। स्मॉग में प्रदूषण की असंख्य कण मौजूद हैं, जो लोगों में श्वांस व नेत्र संबंधी बीमारियां पैदा कर रहे हैं। ऐसे में श्वांस, दमा व हृदय रोगियों को सर्वाधिक परेशानी का सामना करना पड़ता है। फलस्वरूप सर्दी, खांसी, जुखाम, ब्रोंकाइटिस, सिरदर्द, सिर चकराना, त्वचा में सूजन, खुजली, सीने में जकड़न, छींकें आना, आंखें लाल पड़ जाना इत्यादि समस्याएं बढ़ जाती हैं।

महानगरों के साथ ही राज्यों की राजधानियों और छोटे शहरों में भी प्रदूषण की स्थिति भयावह होती जा रही है। बिहार के पटना और मुजफ्फरपुर समेत एक दर्जन शहरों में वायु प्रदूषण की स्थिति बेहद गंभीर है। पहली अप्रैल 2016 से 31 मार्च 2017 तक करीब आठ लाख वाहनों का रजिस्ट्रेशन हुआ। पटना में एक अप्रैल 2011 को जहां लगभग सवा दो लाख वाहन रजिस्टर्ड थे, वहीं 31 मार्च 2016 तक यह बढ़कर करीब सात लाख हो गए। वर्ष 2017 में यह संख्या करीब 8 लाख का आंकड़ा पार कर गई है। शहरीकरण और सड़क चौड़ीकरण के नाम पर पिछले 10 साल में पूरे प्रदेश में हजारों पेड़ काटे गए। पटना में बेली रोड और वीरचंद पटेल पथ के चौड़ीकरण के लिए 10 हजार से अधिक पेड़ काट दिए गए। प्रदूषण पर अंकुश लगाने के लिए राज्य सरकार द्वारा पटना के आसपास के क्षेत्रों में नए ईंट भट्टे खोलने पर रोक लगा दी गई है, लेकिन दूसरे जिलों में ईंट भट्टे धड़ल्ले से चल रहे हैं।

इसी प्रकार उत्तर प्रदेश में भी अधिकांश शहर गंभीर प्रदूषण की चपेट में हैं। वायु प्रदूषण की काली धुंध में मेरठ का दम घुट रहा है। यहां पर हवा की गुणवत्ता दिल्ली से भी खराब मिली है। जहां दिल्ली में पार्टिकुलेट मैटर (पीएम-2.5) की औसत मात्रा 400 माइक्रोग्राम प्रति घन मीटर है, वहीं मेरठ में कई स्थानों पर सात से आठ सौ माइक्रोग्राम प्रति घन मीटर मिला। चिकित्सकों का दावा है कि हर तीसरे व्यक्ति पर दमा का खतरा है। औद्योगिक सेक्टर में पेटकॉक और फर्नेस ऑयल का ईंधन के रूप में प्रयोग हो रहा है।

आज कानपुर का प्रदूषण दिल्ली को टक्कर देता दिख रहा है। केंद्रीय प्रदूषण नियंत्रण बोर्ड के वायु गुणवत्ता सूचकांक में कानपुर प्रदेश का पांचवां सबसे प्रदूषित शहर हो गया है। बीते दिनों (पीएम-2.5) 436 माइक्रोग्राम घन मीटर रिकॉर्ड किया गया। इसका मानक 60 माइक्रोग्राम प्रति घन मीटर होता है। नाइट्रोजन डाईऑक्साइड 107.85 और कार्बन मोनोऑक्साइड 5.92 माइक्रोग्राम प्रति घन मीटर रहा। इसका एक कारण चमड़ा उद्योग भी है। यहां 418 चमड़ा इकाइयां हैं। वर्ष 2016 की तुलना में लखनऊ की हवा 2018 आते-आते और अधिक प्रदूषित और विषाक्त हो गई है। लखनऊ भी धुंध की गिरफ्त में है। भारतीय विष विज्ञान अनुसंधान संस्थान (आइआइटीआर) की लखनऊ के पर्यावरण की रिपोर्ट के अनुसार, प्रदूषण की वजह से लोग एलर्जिक ब्रांकाइटिस व अस्थमा से पीड़ित हो रहे हैं। मुरादाबाद मंडल भी काली धुंध की चपेट में आने लगा है। वर्ष 2017 के आखिर में केंद्रीय प्रदूषण नियंत्रण बोर्ड की रिपोर्ट में मुरादाबाद को देश का सबसे प्रदूषित शहर बताया गया था। इस दिन प्रदूषण का स्तर 519 पीएम-10 दर्ज किया गया था। मुरादाबाद में वायु प्रदूषण के लिए ई-कचरा जलाए जाने और एक्सपोर्ट इंडस्ट्री के लिए विभिन्न धातुओं को गलाकर वस्तुओं को बनाए जाने को मुख्य कारक माना गया है।

पश्चिम बंगाल भी वायु प्रदूषण की मार से कराह रहा है। वायु प्रदूषण के बढ़ते प्रभाव से कोलकाता की हवा भी तेजी से जहरीली होती जा रही है। यहां कई बार न सिर्फ दिल्ली की तरह प्रदूषण ने खतरनाक स्तर को छुआ है, बल्कि इसे पार भी किया है। जनवरी 2018 में ब्रिटिश डिप्टी हाई कमीशन, यूकेएआइडी और कोलकाता नगर निगम द्वारा जारी की गई संयुक्त रिपोर्ट में कहा गया कि रोजाना 14.8 मिलियन टन ग्रीन हाउस गैस का उत्सर्जन करने वाला कोलकाता

देश का पांचवा सर्वाधिक प्रदूषित शहर है। प्रति व्यक्ति कार्बन डाइऑक्साइड उत्सर्जन में भी कोलकाता दूसरे नंबर पर है। कोलकाता में वायु प्रदूषण का प्रमुख स्रोत वाहन हैं। इनकी हिस्सेदारी करीब 50 प्रतिशत है। उद्योगों की हिस्सेदारी 48 प्रतिशत, जबकि कोयला व लकड़ी से भोजन पकाने का दो प्रतिशत हिस्सा है। महानगर की करीब 1.5 करोड़ आबादी में से 70 प्रतिशत लोग वायु प्रदूषण के कारण होने वाली सांस संबंधी समस्याओं से पीड़ित हैं। पिछले पांच वर्षों में महानगर व आसपास इलाकों की हवा में नाइट्रोजन डाइऑक्साइड की मात्रा तय सीमा से कहीं ऊपर चली गई है। इसके बावजूद कोलकाता की भौगोलिक स्थिति कुछ ऐसी है कि यहां प्रदूषण रिकॉर्ड कम होता है।

प्रदूषण की मार से पहाड़ भी अछूते नहीं रह सके हैं। उत्तराखंड में स्मॉग यानी जहरीली धुंध पसरने जैसी स्थिति नहीं है, लेकिन देहरादून समेत अन्य मैदानी क्षेत्रों में वायु प्रदूषण बढ़ा है। उत्तराखंड पर्यावरण संरक्षण एवं प्रदूषण नियंत्रण बोर्ड (पीसीबी) के अनुसार, देहरादून, रुड़की, ऊधमसिंहनगर समेत दूसरे मैदानी इलाकों में वायु प्रदूषण खतरनाक स्तर को छू रहा है। देहरादून के आइएसबीटी में आमतौर पर हवा में सस्पेंडेट पार्टिकुलेट मैटर 300 के आसपास रहते हैं, लेकिन सर्दियों में यह 400 के आंकड़े को भी पार कर जाता है। ऐसी ही स्थिति अन्य मैदानी और खासकर उन क्षेत्रों में है, जहां औद्योगिक इकाइयों के साथ ही वाहनों की संख्या अधिक है। राज्य में मार्च 2016 तक 21.17 लाख छोटे-बड़े वाहन पंजीकृत थे। अब यह आंकड़ा 25 लाख के पार पहुंच गया है। ऐसे में वाहनों से निकलने वाला धुआं परेशानी का सबब बन रहा है। इसके चलते अनेक क्षेत्रों में धुंध बढ़ रही है।

झारखंड में भी वायु प्रदूषण निर्धारित मानकों को पार कर गया है। निर्धारित तीन मानकों में से एक में हालात तेजी से बिगड़ रहे हैं। सल्फर डाइऑक्साइड और नाइट्रोजन ऑक्साइड की मात्रा तो निर्धारित दायरे 80 माइक्रोग्राम प्रति घन मीटर के दायरे में है, लेकिन आरएसपीएम 100 के निर्धारित दायरे को पार कर गया है। केंद्रीय प्रदूषण कंट्रोल बोर्ड के नेशनल एयर क्वालिटी मॉनिटरिंग प्रोजेक्ट के तहत राज्य के चार जिलों में वायु प्रदूषण की जांच के लिए मशीनें लगाई गई हैं। वर्ष 2017 में आरएसपीएम रांची, धनबाद और जमशेदपुर में आवश्यकता से अधिक रहा। रांची में दो जगह रिकॉर्ड किए गए आरएसपीएम का औसत

135-140 रहा, जबकि धनबाद के विभिन्न क्षेत्रों में इसका औसत 129 से 168 पाया गया। 30 प्रतिशत वनों से आच्छादित झारखंड के वायुमंडल में आरएसपीएम की मात्रा का निर्धारित मानकों से अधिक रहना खतरे की घंटी है।

भारत के राज्यों में हिमाचल प्रदेश की स्थिति अभी थोड़ी बेहतर है। हिमाचल प्रदेश की आबोहवा में जहरीले कण काफी कम हैं। कुछ क्षेत्रों को छोड़कर अन्य जगह वातावरण शुद्ध है। सोलन जिला के बद्दी, बरोटीवाला, नालागढ़, ऊना जिला, सिरमौर जिला के काला अंब व पावटा साहिब में ही अन्य राज्यों के वायु प्रदूषण का कुछ असर देखने को मिलता है। ये इलाके पड़ोसी राज्यों की सीमाओं से सटे हैं। इसके अलावा अन्य स्थानों की आबोहवा साफ है। प्रदेश का कोई हिस्सा स्मॉग की चपेट में नहीं है। दीपावली की रात भी जहरीले कण रेस्पिरेबल सस्पेंडेड पार्टिकुलेट मैटर (आरएसपीएम) की मात्रा अधिकतर क्षेत्रों में 100 माइक्रोग्राम प्रति घन मीटर से भी कम रहती है। शिमला की हवा में सल्फर डाइऑक्साइड 2.0 माइक्रोग्राम प्रति घन मीटर और नाइट्रोजन ऑक्साइड 29.0 माइक्रोग्राम प्रति घन मीटर है। धर्मशाला और मनाली में दोनों ही गैसों की मात्रा सिर्फ 4.5 माइक्रोग्राम प्रति घनमीटर है। राज्य में सर्वाधिक आरएसपीएम 187 माइक्रोग्राम प्रति घन मीटर बद्दी में है। इसके अलावा सभी प्रमुख शहरों में आरएसपीएम 100 से कम है। हरियाणा की सड़कों पर दौड़ रहे करीब 75 लाख वाहनों में से 40 प्रतिशत पुराने हैं, जिन पर किसी का कोई अंकुश नहीं। हरियाणा में प्रतिवर्ष करीब पांच लाख वाहन और सड़कों पर आ रहे हैं।

पंजाब में भी फेस्टिवल सीजन, धान की कटाई और मौसम में बदलाव के कारण अक्टूबर और नवंबर के दौरान राज्यों में वायु प्रदूषण घातक स्तर पर पहुंच जाता है। हालांकि पंजाब प्रदूषण नियंत्रण बोर्ड (पीपीसीबी) के आंकड़ों के अनुसार, पांच वर्षों के दौरान वायु प्रदूषण का स्तर काफी नीचे आया है, लेकिन दीपावली और गुरुपर्व के दौरान सामने आए पीपीसीबी के आंकड़ों के अनुसार, स्थिति अभी भी खतरनाक है। पटियाला में 2012 में वायु प्रदूषण का स्तर 122 आरएसपीएम था, जो 2016 में 130 आरएसपीएम तक पहुंच गया।

प्रदूषण के कारण भारतीय नागरिकों का स्वास्थ्य दिनोंदिन प्रभावित हो रहा है। हम सभी जानते हैं कि शुद्ध आबोहवा में रहने वाले किसी व्यक्ति का हर अंग-उपांग दूषित वातावरण के व्यक्ति से कहीं अधिक स्वस्थ होता है। फेफड़े,

हृदय, मस्तिष्क जैसे अंग और प्रतिरोधक क्षमता अशुद्ध हवा में रहने वाले व्यक्ति के मुकाबले कई गुना मजबूत और क्षमतावान होते हैं। यदि हमें भावी पीढ़ियों को जीवित रखना है, तो प्रदूषण के विरुद्ध अंतिम और निर्णायक लड़ाई लड़नी ही होगी।

वायु प्रदूषण और धुंध के कारण प्रदूषित सूक्ष्म कण निरंतर हमारे शरीर में प्रवेश कर रहे हैं। सूक्ष्म कणों का प्रदूषण (पॉर्टिकुलेट पॉल्यूशन) ठोस और तरल बूंदों के मिश्रण होते हैं। कुछ सूक्ष्म कण सीधे उत्सर्जित किए जाते हैं, तो कुछ कई तरह के उत्सर्जनों के वातावरण में परस्पर क्रिया द्वारा अस्तित्व में आते हैं। ये तत्व इंसानी स्वास्थ्य के लिए बहुत घातक होते हैं। आकार के लिहाज से इनके दो प्रकार होते हैं। पीएम 2.5 ऐसे कण होते हैं, जिनका व्यास 2.5 माइक्रोमीटर या इससे कम होता है। ये इतने छोटे होते हैं कि इन्हें केवल इलेक्ट्रॉन सूक्ष्मदर्शी द्वारा ही देखा जा सकता है। इनके प्रमुख उत्सर्जक स्रोत मोटर वाहन, पॉवर प्लांट, लकड़ियों का जलना, जंगल की आग, कृषि उत्पादों का जलाना है। इसी तरह पीएम 10 ऐसे सूक्ष्म कण जिनका व्यास 2.5 से लेकर 10 माइक्रोग्राम तक होता है। इन कणों के प्राथमिक स्रोत सड़कों पर वाहनों से उठने वाली धूल, निर्माण कार्य इत्यादि से निकलने वाली धूल है। इस 10 माइक्रोग्राम से कम के सूक्ष्म कण से हृदय और फेफड़ों की बीमारी से मौत तक हो सकती है। सूक्ष्म कणों के प्रदूषण से सर्वाधिक प्रभावित समूह ऐसे लोग होते हैं, जिन्हें हृदय या फेफड़े संबंधी रोग होते हैं।

प्रदूषण का स्तर बढ़ाने में ऑटोमोबाइल का सबसे ज्यादा योगदान है। मौजूदा समय में प्रयास हो रहे हैं कि पहले उत्सर्जन मानकों और हवा की गुणवत्ता में सुधार किया जाए, फिर वाहनों पर सख्ती बरती जाए, लेकिन यह काफी नहीं है। भले ही हम हर वाहन से उत्सर्जन कम कर दें, मगर सड़क पर वाहन बढ़ते जाएंगे, तो सारा प्रभाव बेकार चला जाएगा। इससे बचने का एकमात्र उपाय सार्वजनिक यातायात में बड़े पैमाने पर सुधार है, लेकिन पिछले कई सालों से दिल्ली में एक भी बस नहीं बढ़ाई गई है। राष्ट्रीय राजधानी क्षेत्र में इंटरसिटी पब्लिक ट्रांसपोर्ट नहीं है। इसके लिए इसे लागू करने में मुश्किल, सड़क, निर्माण कार्यों की धूल तथा कूड़ा जलाने को भी शामिल किया जा सकता है। मशीनी सफाईकर्मियों के पास उस स्थिति में कोई जवाब नहीं होगा, जब हर क्षण सड़क की खोदाई या

सड़क ही नहीं होगी। सरकारों को अपना काम एक साथ करना होगा। ठंड के महीनों में ही नहीं, बल्कि पहले और हर समय समस्या के निदान के लिए काम करना होगा। कूड़ा जलाने के साथ भी यही है। हम अधिक चौकसी से आग लगाने की घटनाओं को नियंत्रित कर सकते हैं।

वायु प्रदूषण का स्तर दिनोंदिन बढ़ रहा है। इसके आकलन के कई तरीके प्रयोग में लाए जा रहे हैं। वायु प्रदूषण मापने के आठ मानक होते हैं-प्रदूषक तत्व पीएम 2.5, पीएम 10, कार्बन मोनोऑक्साइड, ओजोन, नाइट्रोजन डाईऑक्साइड, सल्फर डाईऑक्साइड, एल्युमीनियम व लेड। इनमें सबसे महत्वपूर्ण पीएम 2.5 व पीएम 10 ही होते हैं। इन्हीं का आंकड़ा सर्वाधिक होता है। एयर क्वालिटी इंडेक्स मापते समय पीएम 2.5, पीएम 10 और किसी एक अन्य मानक को शामिल किया जाता है। इसका केवल स्टैंडर्ड होता है, कोई मापक इकाई नहीं होती, जबकि पीएम 2.5 और पीएम 10 को माइक्रोग्राम प्रति क्यूबिक मीटर में मापा जाता है। इंडेक्स का स्तर यदि 0-200 के मध्य है, तो इसे सामान्य माना जाता है। इसी तरह 200-300 के बीच होने पर इसे खराब, 300-400 होने पर बहुत खराब और 400 से ऊपर होने पर इसे आपातकालीन स्थिति माना जाता है।

कतिपय विशेषज्ञों और पर्यावरण जानकारों के अनुसार, वातावरण में प्रदूषक तत्व पीएम 2.5 का इंडेक्स 61 से 90 माइक्रोग्राम प्रति घन मीटर या पीएम 10 का इंडेक्स 101 से 250 के बीच होगा, तो यह स्थिति सामान्य मानी जाएगी। इससे अधिक होने पर केंद्रीय प्रदूषण नियंत्रण बोर्ड (सीपीसीबी) ने प्रदूषण के चार अलग-अलग स्तरों के हिसाब से एक ग्रेडेड रिस्पांस एक्शन प्लान (ग्रेप) तैयार किया है। सुप्रीम कोर्ट की मंजूरी के बाद जनवरी 2017 में केंद्रीय वन एवं पर्यावरण मंत्रालय ने ग्रेप को अधिसूचित किया था। 17 अक्टूबर 2017 से पर्यावरण प्रदूषण नियंत्रण-संरक्षण प्राधिकरण (इपीसीए) ने इसे समूचे दिल्ली-एनसीआर में लागू कर दिया है।

अलग-अलग स्थितियों के लिए ग्रेडेड एक्शन प्लान अलग-अलग है। पहली श्रेणी खराब स्तर को प्रतिबिंबित करती है। इसके अंतर्गत जब हवा में प्रदूषक तत्व पीएम 2.5 का इंडेक्स 91 से 120 तक या पीएम 10 का स्तर 251 से 350 के बीच होती है। इससे निपटने के लिए ठोस कार्ययोजना की आवश्यकता है। इसके अंतर्गत कूड़ा जलाने पर रोक लगानी होगी और ऐसा करने वाले पर भारी जुर्माना

लगाना होगा। ईंट भट्ठों और कोयला आधारित विद्युत संयंत्रों पर प्रदूषण नियंत्रण के नियम कड़ाई से लागू किए जाने चाहिए। किसी भी वाहन से धुआं निकलने पर भारी जुर्माने का प्रावधान होना चाहिए। निर्माण स्थल पर धूल रोकने का नियम कड़ाई से लागू करना होगा। सुचारू ट्रैफिक के लिए चिह्नित स्थानों पर ट्रैफिक पुलिस की तैनाती होनी चाहिए। दिल्ली में सन 2005 के बाद के पंजीकृत ट्रक ही प्रवेश कर सकें, ऐसी व्यवस्था की जानी चाहिए। मार्च से मई के बीच फ्लाई ऐश के गड्ढों को पानी से भरना सुनिश्चित किया जाना चाहिए। सोशल मीडिया, मोबाइल ऐप के जरिए जनता को प्रदूषण के स्तर की जानकारी दी जानी चाहिए, ताकि जनता जागरूक हो सके।

इसी तरह दूसरा स्तर बहुत खराब तब माना जाता है, जब पीएम 2.5 का इंडेक्स 121 से 250 तक या पीएम 10 का स्तर 351 से 430 के बीच हो। इस स्तर का मुकाबला करने के लिए हमें कुछ बड़े कदम उठाने होंगे। इसके अंतर्गत निर्धारित एक्शन प्लान का पालन किया जाना चाहिए। इसमें डीजल के जेनरेटर सेट बंद किए जाने चाहिए। पार्किंग शुल्क को कई गुना बढ़ा दिया जाना चाहिए। बस और मेट्रो की सर्विस बढ़ाई जाए। होटल और खुले में खानपान के स्थानों पर कोयला और लकड़ी का प्रयोग बंद हो। आरडब्ल्यूए और स्थानीय निवासी सुरक्षा गार्डों को बिजली के हीटर देने होंगे, ताकि वे लोग आग न जला सकें। अखबार और टी.वी. पर जनता को निरंतर आवश्यक जानकारी और सलाह दी जानी चाहिए, ताकि सांस की बीमारी से ग्रसित लोग प्रदूषित जगहों पर न जाने पाएं।

प्रदूषण के संदर्भ में तीसरा स्तर बेहद गभीर स्थिति को बयां करता है। इसके अंतर्गत जब पीएम 2.5 का इंडेक्स 250 से ऊपर या पीएम 10 का स्तर 430 से ऊपर चला जाए, तो यह स्थिति बनती है। इस स्तर से लड़ने के लिए कतिपय कार्ययोजना निर्धारित की गई है। इसमें ईंट भट्ठे, हॉट मिक्स प्लांट और स्टोन क्रशर बंद कर दिए जाने चाहिए। बदरपुर बिजली संयंत्र बंद करने होंगे। अन्य थर्मल बिजली संयंत्रों को भी कम करने या गैस से चलाने के लिए प्रोत्साहित किया जाना चाहिए। सार्वजनिक परिवहन में अलग-अलग स्तर की किराया प्रणाली अनपाई जानी चाहिए। कम व्यस्त घंटों में यात्रा करने को प्रोत्साहन दिया जाएगा। सार्वजनिक परिवहन प्रणाली को ऐसा बनाया जाना चाहिए कि समृद्ध, अतिविशिष्ट और पेशेवर लोग भी इनमें जाना पसंद करें। इसके लिए अधिक

किराए वाली महंगी और सुविधाजनक तेज स्पीड बसों को प्रचलन में लाना होगा। इसी प्रकार धूल भरी सड़कें चिह्नित कर वहां मशीनों से सफाई व पानी के छिड़काव का क्रम बढ़ाया जाना चाहिए।

चौथा स्तर सर्वाधिक भयावह अथवा अति गंभीर या आपात स्थिति को बयान करता है। इसके अंतर्गत जब पीएम 2.5 का इंडेक्स 300 या पीएम 10 का स्तर 500 से ऊपर चला जाए, तो यह स्थिति बनती है। इस स्तर से लड़ने के लिए भी कतिपय कार्ययोजना तैयार की गई है। इसमें आवश्यक वस्तुओं को छोड़कर दिल्ली में डीजल ट्रकों का प्रवेश रोक दिया जाना चाहिए। भवन निर्माण कार्य को भी रोक दिया जाना चाहिए। इसके अलावा टास्क फोर्स स्कूल बंद करने या कोई और अतिरिक्त कदम उठाए जाने के बारे में फैसला कर सकती है।

प्रदूषण के कारण आज भारत में जीवन स्तर तेजी से गिर रहा है। सबसे अधिक प्रताड़ित निम्न एवं अल्प आयवर्ग के लोग हैं। प्रदूषण की सबसे अधिक मार निम्न एवं मध्यम आमदनी वाले वर्ग पर ही पड़ती है। प्रदूषण के चलते होने वाली कुल मौतों में 90 प्रतिशत यही वर्ग इससे प्रभावित होता है। वैसे भी प्रदूषण के कारण विश्व में कुल मौतों में चीन व भारत की ही अकेले 34 प्रतिशत हिस्सेदारी है। हमें इस बात को गंभीरता से समझना होगा कि विश्व में वायु प्रदूषण एक बड़ी आपदा बन गया है, जो अनेक असंक्रमित बीमारियों की वजह के रूप में उभरा है। इसके कारण वयस्को में हृदय रोग से होने वाली 24 प्रतिशत मौतों में 25 प्रतिशत स्ट्रोक से, 43 प्रतिशत पुराने प्रतिरोधी फेफड़ों के रोग से व 29 प्रतिशत फेफड़ों के कैंसर से हो रही है। यह खतरा विश्व की 40 प्रतिशत आबादी को अपनी जद में ले रहा है। कितनी बड़ी विडंबना है कि विश्व की आधी से ज्यादा आबादी साफ हवा के लिए तरस रही है।

वायु प्रदूषण के कारणों को उचित रूप में समझना और उनका समुचित निराकरण करना आज की बड़ी आवश्यकता है। प्रदूषण द्रुत गति से विकराल रूप धारण करता जा रहा है। ऐसे में हम किस तरह के विकास का दम भर सकते हैं। यह बात केवल भारत पर ही लागू नहीं होती, वरन संपूर्ण विश्व आज पर्यावरण प्रदूषण की मार झेल रहा है। निश्चित रूप से इस मुद्‍दे पर शेष विश्व को भी सही मायने में विकास की समझ को बेहतर करना होगा। हम केवल जीडीपी पर केंद्रित होकर विकास की अंधी दौड़ लगा रहे हैं और प्रकृति एवं

पर्यावरण के खतरों की अनदेखी कर रहे हैं। विश्व स्वास्थ्य संगठन की रपट पढ़कर हम कुछ समय के लिए गंभीर हो जाते हैं, लेकिन जल्द ही पुराने ढर्रे पर लौट आते हैं। इसकी अनदेखी हमें खामोशी से मौत के दलदल में धकेल रही है।

हमें यह भी समझना होगा कि समस्याओं के निदान के लिए किसी सरकार के पास कोई चमत्कार अथवा जादू की छड़ी नहीं होती। नागरिकों के समेकित प्रयास और सूझ-बूझ ही किसी देश को आगे बढ़ाते हैं। जिस देश के नागरिक अपने कर्तव्यों का पालन उचित रूप से नहीं करते, वह देश कभी भी विकास के पथ पर आगे नहीं बढ़ सकता। वह दूसरों के लिए भी कोई आदर्श प्रस्तुत नहीं कर सकता। भारतीय नागरिक आज अपने कर्तव्यों को भूल गए हैं और इसीलिए 130 करोड़ नागरिकों वाला यह देश आज सिर्फ और सिर्फ धूल, गंदगी, कूड़ा, कचरा, दुर्व्यवस्था, अराजकता, स्वार्थ, भ्रष्टाचार और महामारियों का ढेर बनकर रह गया है। निश्चित रूप से यह समय हम सभी के लिए अपने ही गिरेबानों में झांककर अपनी सामूहिक गलतियों को टटोलने का है। आज देश की दुर्व्यवस्था और प्राकृतिक क्षरण के लिए केवल हम और हमारे कर्म ही उत्तरदायी हैं।

पूरा देश आज धूल और गंदगी की गिरफ्त में है। बड़े शहर, महानगर और राजधानी क्षेत्र सबसे अधिक संकटग्रस्त क्षेत्र दिखाई पड़ रहे हैं। पिछले कुछ वर्षों से दिल्ली-एनसीआर सहित देश के अनेक हिस्सों में धूल का गुबार बढ़ता जा रहा है। इसके चलते सांस लेना भी दूभर हो गया है। बीच-बीच में इससे कुछ राहत अवश्य मिलती है, किंतु यह अंशकालिक और तात्कालिक ही होती है। वास्तव में यह सब प्रदूषण और उससे बढ़ते धरती के तापक्रम की ही देन है। चाहे यह पाकिस्तान के सिंध में बढ़ते तापक्रम से जुड़ी हो या फिर ईरान से, कोई भी इसके असर से नहीं बच पाएगा। इसे अब विश्व की सबसे बड़ी समस्या के रूप में देखा जाना चाहिए। पहले मिट्टी, फिर पानी और अब तूफानी हवाओं ने भी साफ कर दिया कि बिगड़ते पर्यावरण पर हमारा न तो कोई नियंत्रण है और न ही इससे निपटने की कोई गंभीर कोशिश या चिंता नजर आती है। इससे पहले विश्व स्वास्थ्य संगठन यानी डब्ल्यूएचओ की ताजा रपट ही हमारे नकारापन का खुलासा करती है। मोटे रूप में यह मान लेना चाहिए कि हमने सारी सीमाएं पार कर ली हैं

और स्वयं को एक बड़े संकट में डाल दिया है। फिलहाल इस धूल ने ही अपना आतंक फैला रखा है। इस नए पर्यावरणीय प्रकोप ने अभी तक लगभग 125 लोगों की जान ले ली है और अनेक लोग इसके चलते सेहत संबंधी परेशानियों से जूझ रहे हैं।

कई राज्यों में इसका असर देखा गया है। केवल दिल्ली-एनसीआर ही इसकी चपेट में नहीं है, बल्कि हिमालयी क्षेत्र से लेकर उत्तर व दक्षिण भारत सभी ने प्रदूषित पर्यावरण का नया रूप देखा है। हालात यह है कि पीएम 2.5 का स्तर सभी जगह काफी ऊंचा है। यह धूल किसी एक बारिश से हटने वाली भी नहीं है, बल्कि इसके फिर से दस्तक देने की आशंकाएं बनी हुई हैं। यही नहीं, अगर स्थितियां ऐसी ही रहीं, तो धूल का यह गुबार ग्लेशियरों यानि हिमनदों को भी अपनी जद में ले लेगा। पहले से ब्लैक कार्बन की मार झेल हिमनदों के लिए यह एक नया खतरा भी पैदा कर रहा है।

प्राकृतिक संरचना में बदलाव के कारण मानव सभ्यता के समक्ष अस्तित्व का खतरा उत्पन्न होने लगा है। स्वास्थ्य समस्याएं बढ़ रही हैं। लंबे समय तक वायु प्रदूषण का सामना करना सेहत के लिए घातक हो सकता है। यह न सिर्फ लंग (फेफड़े) कैंसर का खतरा बढ़ सकता है, बल्कि किडनी, ब्लैडर और कोलोरेक्टल कैंसर से मौत की आशंका भी बढ़ सकती है। वायु प्रदूषण को लंग कैंसर के कारक के तौर पर वर्गीकृत किया गया है, लेकिन शरीर के दूसरे हिस्से में होने वाले कैंसर से इसके जुड़ाव के कम साक्ष्य मिले हैं। इस जुड़ाव को जानने के लिए स्पेन के बार्सिलोना इंस्टीट्यूट ऑफ ग्लोबल हेल्थ में विस्तृत अध्ययन किया गया। इसमें किडनी, ब्लैडर और कोलोरेक्टल कैंसर से होने वाली मौत का कुछ जुड़ाव वायु प्रदूषकों से पाया गया। कई अध्ययनों में लंग कैंसर से वायु प्रदूषण के संबंध का पता चल चुका है, लेकिन दूसरे कैंसर के बारे में अब भी कम जानकारी है।

धूम्रपान का आंत पर सीधा असर पड़ सकता है। इससे क्रोहन रोग का खतरा बढ़ सकता है। आंत संबंधी इस बीमारी में पाचन तंत्र प्रभावित हो जाता है। धूम्रपान से फेफड़ों में होने वाली सूजन का आंत पर भी असर पड़ता है। धूम्रपान से वायु नली का प्रभावित होना सामान्य बात है। क्रोहन रोग संभवतः उन लोगों में होता है, जो वायु नली की बीमारी से पीड़ित होते हैं। फेफड़ों में सूजन का संबंध

आंत की सूजन से हो सकता है। धूम्रपान से ह्वाइट ब्लड सेल्स के प्रकार सीडी 4 प्लस टी सेल्स के स्तर में वृद्धि हो जाती है।

वायु प्रदूषण का दुष्प्रभाव हृदय और फेफड़े के साथ ही मानसिक स्वास्थ्य पर भी पड़ सकता है। वाहनों, कारखानों आदि से निकलने वाले फाइन पार्टिकुलेट मैटर के बढ़ने के साथ ही मनोवैज्ञानिक रोगों का खतरा भी बढ़ जाता है। फाइन पार्टिकुलेट मैटर 2.5 माइक्रोमीटर से भी छोटे सूक्ष्म कण होते हैं। ये सांस लेते वक्त हमारे रक्त में घुलकर कई तरह की बीमारियां पैदा करते हैं।

भारत के समक्ष संकट केवल यही नहीं है कि दिल्ली का प्रदूषण जानलेवा साबित हो रहा है, बल्कि यह भी है कि वह विश्वभर में भारत की बदनामी का कारण भी बन रहा है। श्रीलंका की क्रिकेट टीम ने दिल्ली में प्रदूषण को लेकर जिस तरह अपनी शिकायत दर्ज कराई, उस पर यह कहने से काम नहीं चलने वाला कि उसने मामले को बढ़ा-चढ़ाकर पेश किया, क्योंकि तथ्य यह है कि इन दिनों राजधानी का प्रदूषण स्तर सेहत के लिए हानिकारक है।

सड़कों पर वाहनों की भरमार से वायु प्रदूषण में इजाफा हो रहा है। थोड़ी दूर जाने के लिए भी हर कोई कार व अन्य वाहन का सहारा लेता है। इसमें पैसे तो खर्च होते ही हैं, सेहत के लिए भी यह सफर ठीक नहीं है। कम दूरी तय करने के लिए साइकिल बेहतर सवारी है। इसमें कोई ज्यादा खर्च भी नहीं है, लेकिन अब सड़कों से साइकिलें गायब हो रही हैं। इसकी जगह लोग जिम में जाकर पैसे खर्च कर साइकिल चला रहे हैं। बाजार में एक साइकिल 4 से 5 हजार के बीच आती है। एक बार पैसे लगाने के बाद एक साइकिल अच्छी रखरखाव के बाद 10 साल तक चल जाएगी और उस साइकिल को चलाकर व्यायाम और घर के काम दोनों ही साथ-साथ कर सकते हैं। छोटे-मोटे काम के लिए साइकिल का प्रयोग किया जा सकता है और 7 से 8 कि.मी. की दूरी आसानी से तय की जा सकती है। इससे जिम और पेट्रोल के पैसे बचेंगे, प्रकृति बचेगी और यह सेहत के लिए भी ठीक है। इसमें सबसे बड़ी बात समय की बचत होगी।

जहां दिल्ली के जाम में 5 कि.मी. की दूरी तय करने में 45 मिनट तक लग जाते हैं, वहीं साइकिल से ये दूरी 30 मिनट में बड़े आराम से तय की जा सकती है। बशर्ते साइकिल ट्रैक दुरुस्त हो। आम साइकिल के सड़कों से गायब होने के कई कारण हैं। एक तो साइकिल चलाने वालों को हीनभावना से देखा जाता है।

दूसरे साइकिल चलाने के लिए सड़क पर जगह नहीं है। सड़कों पर वाहनों की भरमार रहती है। इनके बीच साइकिल चलाना खतरे से खाली नहीं। कहीं-कहीं फुटपाथ पर दोपहिया वाहनों की धमाचौकड़ी रहती है। प्रशासन को चाहिए कि पहले सड़कों पर साइकिल के लिए ट्रैक बनवाए और यह सुनिश्चित करे कि इस ट्रैक पर साइकिल के अलावा और कोई वाहन न चलने पाए। साइकिल चलाने के अनगिनत फायदे हैं। इससे समाज में स्वस्थ रहने की प्रेरणा और पर्यावरण के प्रति जागरूकता बढ़ती है। यूरोप के विकसित देशों में ऐसी संस्कृति को विकसित किया जा चुका है। हम भारतीय अभी भी उपभोक्तावादी मानसिकता के गुलाम होने के कारण उपभोक्तावादी वस्तुओं को अधिक महत्व देते हैं।

यह आश्चर्यजनक है कि आज भी भारतीय समाज के लिए प्रदूषण और पर्यावरण के विषय कोई विशेष मायने नहीं रखते हैं, यद्यपि यह विषय प्रत्येक आदमी के बुनियादी अधिकार से जुड़ा है। न्यायमूर्ति कृष्णा अय्यर ने संविधान के अनुच्छेद 21 के तहत जीवन के अधिकार को विशद अर्थ देते हुए कहा था कि जीवन के अधिकार का यह भी अर्थ है कि 'प्रत्येक नागरिक को अच्छा स्वास्थ्य, स्वच्छ पेयजल, प्रदूषण मुक्त वातावरण और जीने लायक साफ-सुथरा वायुमंडल मिले।' एमसी मेहता बनाम भारत सरकार और वेल्लोर सिटीजन बनाम भारत सरकार जैसे कई मामलों में सर्वोच्च न्यायालय ने 'स्वच्छ वायुमंडल' को किसी भी मनुष्य का मौलिक अधिकार स्वीकार किया है। यह दुर्भाग्यपूर्ण है कि पर्यावरणीय समस्याओं पर किसी भी विमर्श को अभी भी हम अकादमिक बहसों से बाहर खींचकर आम आदमी के बीच नहीं ला पाए हैं। ऐसे मामलों पर समाज और सरकारी प्रतिक्रियाएं अमूमन तात्कालिक समाधान ढूंढने पर केंद्रित होती हैं।

हमारे पास लोगों की सहभागिता पर आधारित ऐसी कोई योजना नहीं है, जो पर्यावरणीय प्रदूषण से एक सुनियोजित तरीके से निपट सके। जैसे-जैसे आकाश से प्रदूषण की धुंध छंटती जाती है, हमारी याद्दाश्त कमजोर पड़ने लगती है। जिंदगी उसी ढर्रे पर वापस लौट आती है, मानो कहीं कुछ हुआ ही न हो। हम स्मृतिहीनता के शिकार हो गए हैं। रोज हमारे सामने घटनाएं घटित होती रहती हैं, लेकिन हम चेतनाविहीन होकर बारंबार उन्हीं गलतियों की पुनरावृत्ति करते रहते हैं।

हम दैनिक जीवन में अनेक ऐसे कार्य प्रतिदिन-प्रतिक्षण करते हैं, जो हमारे पर्यावरण तथा हमारे स्वास्थ्य के लिए कदापि हितकारी नहीं होते। हमें अपनी ऐसी

आदतों पर लगाम लगाने की आवश्यकता है। कई राज्यों में सामाजिक-सांस्कृतिक कारणों और नागरिकों के अदूरदर्शी आचरण के कारण ही प्रदूषण की समस्या गहराती जा रही है। दिल्ली-एनसीआर के साथ हरियाणा और पंजाब के शहरों में प्रदूषण की खतरनाक स्थिति के लिए फसलों के अवशेष को जलाए जाने को एक सीमा तक ही उत्तरदायी माना जा सकता है, क्योंकि पंजाब, हरियाणा और उत्तर प्रदेश के एक हिस्से को छोड़ दें, तो देश के अन्य हिस्सों में फसलों के अवशेष नहीं जलाए जाते। इस सबसे यदि कुछ स्पष्ट हो रहा है, तो यही कि वायु प्रदूषण के मूल कारण धूल और धुआं हैं। प्रदूषण को बढ़ाने वाले धुएं का उत्सर्जन कल-कारखानों के साथ-साथ वाहनों से भी होता है। चूंकि हमारे ज्यादातर बड़े शहरों में वाहनों की संख्या बढ़ती जा रही है और वे जाम से भी ग्रस्त बने रहते हैं, इसलिए वाहनों से धुएं का उत्सर्जन प्रदूषण का एक बड़ा कारण बन रहा है।

स्थिति इसलिए गंभीर है, क्योंकि एक ओर जहां वाहनों की संख्या बढ़ रही है, वहीं दूसरी ओर खटारा वाहनों की संख्या कम होने का नाम नहीं ले रही है। हालांकि केंद्र और राज्य सरकारों की सभी एजेंसियां इससे भली तरह परिचित हैं कि सड़कों और निर्माण स्थलों से उड़ने वाली धूल, वाहनों का उत्सर्जन और कारखानों से निकलने वाला धुआं शहरों के वायुमंडल को दूषित कर रहे हैं, लेकिन वे ठोस उपायों के साथ सामने नहीं आ पा रही हैं। ऐसी स्थिति इसलिए आई है, क्योंकि संकीर्ण राजनीतिक कारणों के चलते हमारे नीति-नियंता इन उपायों पर अमल ही नहीं करना चाहते। यदि शहरों का इसी तरह अनियोजित एवं बेतरतीब विकास होता रहा और वे अतिक्रमण और जाम से ग्रस्त बने रहे तथा प्रदूषणरोधी उपायों को अमल में नहीं लाया गया, तो शहरी जीवन और अधिक कष्टकारी होना तय है। बेहतर हो कि शासन-प्रशासन के उच्च पदों पर बैठे लोग यह समझें कि बढ़ता वायु प्रदूषण शहरी जीवन के लिए सबसे बड़े खतरे के रूप में उभर आया है।

आज हम सभी वायु प्रदूषण की अति गंभीर समस्या से जूझ रहे हैं। स्थिति यह है कि कई शहरों में घर से बाहर निकलना भी मुश्किल हो रहा है। इसके लिए क्या केवल सरकार ही जिम्मेदार है? हमारी जुबान पर एक ही बात रहती है, सरकार तो कुछ भी नहीं कर रही है। सरकार बिल्कुल नाकाम साबित हुई है, लेकिन क्या हमने अपनी जिम्मेदारियों को बखूबी निभाया है? इस बात पर तो

हम बिल्कुल अलग हो जाते हैं कि हमने प्रदूषण को कम करने के लिए क्या-क्या किया है? इसमें केवल सरकार को दोषी ठहराना उचित नहीं। हमारी भी कुछ नैतिक जिम्मेदारी होती है, जिसे हम अनदेखा कर देते हैं।

हमें भी पर्यावरण प्रदूषण को लेकर जागरूकता बढ़ानी चाहिए। हमें अपनी आदतों में बदलाव लाने की जरूरत है। इससे हम एक स्वस्थ एवं स्वच्छ पर्यावरण का निर्माण कर सकेंगे। हमारी गलतियों का प्रभाव आने वाली पीढ़ियों पर नहीं पड़ेगा। इसका उदाहरण हम 2016 की स्वच्छता सर्वेक्षण रिपोर्ट से समझ सकते हैं। इस रिपोर्ट में देश के 100 सबसे स्वच्छ शहरों को जगह दी गई थी। इसमें मध्य प्रदेश के अकेले ही 32 शहर हैं। इसमें किसी सरकार का हाथ नहीं है, बल्कि सरकार की संस्थाओं और जनभागीदारी का ही कमाल था। आज से कुछ वर्ष पहले इंदौर इतना स्वच्छ नहीं था, लेकिन आज यह भारत का सबसे अधिक स्वच्छ शहर बन गया है। यहां के लोगों की सोच बदली है और लोगों ने अपनी जिम्मेदारियों को निभाया है, इसलिए देश का सबसे स्वच्छ शहर बना है। यहां के लोग और सरकार ने कदम से कदम मिलाकर कार्य किया और परिणाम सबके सामने है। यहां से हमें बहुत कुछ सीखना चाहिए। इस तरह से अगर हम अपने हिस्से की जिम्मेदारी का निर्वहन कर लें, तो हम प्रदूषण से निजात पा सकते हैं। इसके लिए सबको प्रतिबद्धता दिखानी होगी। कोई भी योजना व नीति तभी कारगर साबित होती है, जब उसे सही ढंग से क्रियान्वित किया जाए और उसके लिए जनता की अहम भूमिका रहती है।

पर्यावरण प्रदूषण के संदर्भ में सरकारों को सख्त रवैया अपनाने की आवश्यकता है। कई राज्यों में प्रदूषण को लेकर सरकारी संस्थानों और प्रशासन में लापरवाही भरा दृष्टिकोण दिखाई पड़ता है। स्वयं प्राधिकरणों और नगर निगमों में इस कार्य के लिए जिम्मेदार अधिकारियों और कर्मचारियों में भी जागरूकता और ज्ञान की कमी होती है। काम करने वाले ठेकेदारों और श्रमिकों को भी प्रदूषण से जुड़े मुद्दों, समस्याओं और तकनीक की या तो जानकारी नहीं होती अथवा अपर्याप्त जानकारी ही होती है।

स्वयं भारत की राजधानी दिल्ली में प्रदूषण को लेकर सरकार कितनी गंभीर है, यह इसी से पता चल जाता है कि प्रदूषण फैलाने वालों के खिलाफ आज तक एक भी एफआइआर दर्ज नहीं कराई गई है, जबकि राज्य प्रदूषण नियंत्रण बोर्ड के

पास इस आशय के अधिकार होते हैं। केंद्रीय प्रदूषण नियंत्रण बोर्ड (सीपीसीबी) के अनुसार, पिछले साल जैसे वायु प्रदूषण के हालात दिल्ली को 17 साल बाद झेलने को मिले थे, नवंबर में लगातार 10 दिनों तक प्रदूषण इमरजेंसी स्तर पर रहा, इसके बावजूद दिल्ली में पिछले साल प्रदूषण फैलाने वालों के खिलाफ एक भी केस दर्ज नहीं हुआ। वर्ष 2016 में ही नहीं, बल्कि 2014 से 2016 के दौरान भी इस तरह का कोई केस रजिस्टर्ड नहीं हुआ है।

प्रदूषण फैलाने वालों पर कार्रवाई के लिए एयर (प्रिवेंशन एंड कंट्रोल ऑफ पाल्युशन) एक्ट, 1981 बना है। इसके तहत राज्य प्रदूषण कंट्रोल बोर्ड को यह अधिकार है कि वह औद्योगिक इकाइयों को हवा प्रदूषित करने के लिए कोर्ट में घसीट सकते हैं। यदि औद्योगिक इकाइयां प्रदूषण कंट्रोल करने के लिए कदम नहीं उठातीं या तय मानको से अधिक धुआं और गैस उत्सर्जित करती हैं, तो उन पर इस एक्ट के तहत कानूनी कार्रवाई की जा सकती है।

पर्यावरण प्रदूषण नियंत्रण-संरक्षण प्राधिकरण (इपीसीए) समेत कई रिपोर्ट में दिल्ली में बढ़ते प्रदूषण की वजह इंडस्ट्री से निकलने वाले धुएं को बताया गया है। इसके बावजूद इस एक्ट के तहत तीन सालों में एक भी मामले का न आना हैरानी की बात है। यदि इंडस्ट्री पर अपराध सिद्ध हो जाते हैं, तो उसके प्रबंधक को जुर्माने के साथ छह साल की कैद का प्रावधान भी है। नेशनल क्राइम रिकार्ड ब्यूरो की ताजा रिपोर्ट के अनुसार, 2016 में देश भर में इस तरह के मात्र 25 मामले दर्ज हुए हैं। इनमें से 21 महाराष्ट्र में, दो उत्तर प्रदेश में और दो झारखंड में दर्ज हुए हैं। वर्ष 2014 में इस तरह के 98 मामले रजिस्टर्ड हुए। इनमें सबसे अधिक महाराष्ट्र, बंगाल, राजस्थान, झारखंड और कर्नाटक में मामले दर्ज हुए हैं। अधिकृत आंकड़ों के अनुसार, वर्तमान समय में दिल्ली में बदरपुर थर्मल पॉवर प्लांट के अलावा 20 से 25 बड़ी इंडस्ट्री हैं। इसके अलावा रिहायशी क्षेत्रों में भी इंडस्ट्री होने की शिकायतें नगर निगम व दिल्ली प्रदूषण नियंत्रण समिति (डीपीसीसी) के लिए नई नहीं है, लेकिन कार्रवाई किसी के खिलाफ नहीं होती।

आज देश में सर्वत्र प्रदूषण बढ़ रहा है। दिल्ली-एनसीआर में वायु प्रदूषण बहुत खतरनाक स्थिति में है। सड़क पर कहीं भी सांस लेना मुश्किल हो रहा है। प्रदूषण से प्रत्येक व्यक्ति त्रस्त और परेशानहाल है। प्रदूषण की रोकथाम के लिए

जो भी उपाय संभव हैं, उन्हें भी प्रभावी तरीके से नहीं किया जा रहा है। राजनैतिक दलों द्वारा इसे शीर्ष एजेंडा बनाने के स्थान पर मात्र एक-दूसरे के खिलाफ सतही राजनीतिक बयानबाजी की जा रही है। यह स्थिति शुभ नहीं है। हमें प्रदूषण को लेकर गंभीर होना होगा। आज स्थिति यह है कि प्रदूषण के कारण लोगों का घर से बाहर निकलना तक मुश्किल हो गया है। छोटी-छोटी उम्र के बच्चों और युवाओं को गंभीर स्वास्थ्य समस्याएं, यहां तक कि हृदय रोग और ब्रेन हेमरेज तक हो रहे हैं।

आज प्रदूषण के कारण एक आम आदमी के शरीर में दिन में कई सिगरेट के बराबर धुआं जा रहा है। चिकित्सक भी इसे बहुत घातक बता रहे हैं। यह प्रदूषण शरीर में जाकर अंगों को नुकसान पहुंचा सकता है। दमा के मरीजों के लिए भी परेशानी बढ़ाने वाला है। अस्पतालों में दमा और सांस रोगियों की संख्या बढ़ रही है। अगर इसे रोकने के कोई कारगर उपाय नहीं किए गए, तो स्थिति और भी भयावह हो सकती है। सबसे बड़ी बात तो यह स्थिति हर साल सर्दी में हो रही है। नेताओं को सभी विवाद दरकिनार कर इसके उपाय तलाशने चाहिए। यह प्रदूषण जीवन के लिए खतरनाक है। अगर जीवन ही नहीं रहेगा, तो सब चीजें बेकार हो जाएंगी।

प्रदूषण से बचने के लिए कुछ लोग मास्क लगाकर अपना बचाव कर रहे हैं। बाजार में मास्क भी तरह-तरह के आ गए हैं। हर कोई इसे खरीद भी नहीं सकता है। वायु प्रदूषण से सबसे ज्यादा परेशानी बच्चों और बुजुर्गों को हो रही है। खासतौर पर दिल्ली में बच्चों की मुश्किल बढ़ती ही जा रही है, क्योंकि इतने स्मॉग के बावजूद स्कूल खोल दिए गए हैं। सुबह-सुबह स्मॉग के बीच बच्चों को स्कूल जाना पड़ रहा है। ऐसा भी नहीं है कि स्कूलों ने बच्चों को मॉस्क उपलब्ध करा दिए हों। स्कूल ये तो समझ रहे हैं कि ज्यादा छुट्टी ठीक नहीं, लेकिन उनके स्वास्थ्य के बारे में किसी को चिंता नहीं है।

राजधानी दिल्ली देश का भले ही शक्ति केंद्र हो, लेकिन यह पर्यावरण के संदर्भ में शेष भारत का रोल मॉडल नहीं बन सकता। सुप्रीम कोर्ट ने तो यहां तक कह दिया है कि अगर दूसरे शहर दिल्ली की नकल करने लगेंगे, तो पूरा देश भयंकर रूप से प्रदूषित होगा। अफसोस जताते हुए ये तीखी टिप्पणियां न्यायमूर्ति मदन बी.लोकुर व न्यायमूर्ति दीपक गुप्ता की पीठ ने कचरा प्रबंधन के मामले में

सुनवाई के दौरान की थी। इस मामले में जब न्यायमित्र कोलिन गोंजाल्विस ने कचरा प्रबंधन पर दिल्ली की रिपोर्ट का जिक्र करते हुए कहा कि दिल्ली ने जो कदम उठाए हैं, उसके लिए इसे देश भर के लिए मॉडल बनना चाहिए। कोर्ट ने इसे इन्कार कर दिया। यही पीठ दिल्ली में प्रदूषण के मसले पर भी सुनवाई कर रही है और प्रदूषण की रोकथाम के लिए कई दिशा-निर्देश जारी कर चुकी है।

वायु प्रदूषण के साथ ही वाहनों के शोर और बढ़ती आबादी के चलते भारतीय समाज भयंकर शोरगुल और कोलाहल से ग्रसित होता जा रहा है। आज कहीं भी शांति और चैन दिखाई नहीं पड़ता है। हर तरफ वाहनों का शोर-शराबा, लाउडस्पीकरों की आवाज और भीड़ का शोरगुल दिखाई और सुनाई पड़ता है। इस तरफ सरकार और समाज का ध्यान गया जरूर है, परंतु अभी वांछित परिणाम मिलते दिखाई नहीं पड़ रहे हैं। ध्वनि प्रदूषण को लेकर उत्तर प्रदेश सरकार की ओर से उठाए गए कदम को देर से ही सही, लेकिन सही कदम की संज्ञा जरूर दी जा सकती है। इसके साथ ही सवाल भी खड़ा होता है कि आखिर स्थापित नियमों के लिए भी अधिकारियों को किसी चाबुक की दरकार क्यों होती है।

धर्मस्थलों पर बजाए जाने वाले लाउडस्पीकरों की आवाज नियंत्रित करने के लिए सरकार कोई नया कानून नहीं लाने जा रही है। उसे सिर्फ पहले से तय किए गए नियमों का पालन कराना है, जिस बारे में अधिकारियों को पहले ही सचेत रहना चाहिए था। हाईकोर्ट के गंभीर रुख को देखते हुए वे अब सक्रिय हुए हैं। प्रदूषण को लेकर पूरे विश्व में अरसे से शोर उठ रहा है, जिसमें ध्वनि प्रदूषण भी शामिल है और सब इसके खतरे से आगाह भी हैं। फिर भी मंदिरों-मुस्जिदों और अन्य धार्मिक स्थलों पर बजाए जा रहे लाउडस्पीकरों के खिलाफ कोई कार्रवाई नहीं की गई।

ध्वनि प्रदूषण (विनियमन और नियंत्रण) नियम 2000 में स्पष्ट कहा गया है कि किस क्षेत्र में किस डेसीबल तक ध्वनि की तीव्रता हो सकती है, फिर भी प्रशासन के अधिकारियों ने इस पर कार्रवाई करने के बारे में कभी नहीं सोचा। प्रशासन की ढिलाई का फायदा उठाते हुए वे धार्मिक स्थल जो गतिविधियां परिसर के केंद्र तक ही सीमित रखते थे, वे भी ध्वनि विस्तारक यंत्रों का प्रयोग करने लगे। किसी ने भी विचार नहीं किया कि इससे छात्रों की पढ़ाई में बाधा पहुंच सकती है या फिर बीमारों को कष्ट पहुंचेगा। बारातों और जुलूसों के शोर ने रात्रि में अक्सर

लोगों की नींद खराब की है। यह आश्चर्यजनक है कि चुनाव के दौरान प्रशासन लाउडस्पीकरों के शोर को नियंत्रित करने में सफल रहता है, जबकि चुनाव खत्म होते ही वह बेपरवाह होने लगता है।

ध्वनि प्रदूषण को लेकर हाईकोर्ट के सख्त निर्देशों के बाद धार्मिक स्थलों पर बिना इजाजत चल रहे लाउडस्पीकरों को लेकर सरकार गंभीर हुई है। शासन ने जिलाधिकारियों और वरिष्ठ पुलिस अधीक्षकों को पत्र भेजकर जानकारी मांगी थी कि उनके जिले में कितने लाउडस्पीकर बिना इजाजत चल रहे हैं। अनुमति लेने के लिए धार्मिक स्थलों को मौका भी दिया जाएगा और इसका प्रोफार्मा बनाकर जिलों को भेजा गया है।

इलाहाबाद हाईकोर्ट ने इस संदर्भ में राज्य सरकार से पूछा था कि मंदिर, मस्जिद, गुरुद्वारा और अन्य सार्वजनिक स्थलों पर लगे लाउडस्पीकर प्रशासन की लिखित अनुमति से लगाए गए हैं या नहीं? यदि नहीं, तो इन्हें हटाने के लिए सरकार की ओर से क्या कार्रवाई की गई? इस पर राज्य सरकार ने अब सभी जिलों से जानकारियां जुटानी शुरू कर दी हैं। शासन ने निर्देश दिया है कि ऐसे धर्मस्थल या सार्वजनिक स्थल जहां नियमित लाउडस्पीकर बजाए जाते हों, उनका चिह्निकरण राजस्व व पुलिस अधिकारियों की टीम बनाकर कर लिया जाए। जिन धर्मस्थलों के पास अनुमति नहीं है, उनके प्रबंधकों को पहले अनुमति प्राप्त करने के लिए आवेदन का प्रारूप उपलब्ध कराना चाहिए। शासन का निर्देश है कि जो भी आवेदन इस संदर्भ में आएं, उनका निस्तारण पांच कार्यदिवस में हो जाना चाहिए। यदि इस संदर्भ में किसी ने अनुमति नहीं ली है, तो उनके लाउडस्पीकर उतरवा लिए जाएं। राज्य सरकार ने जुलूस और बारातों पर भी निगाह रखने के निर्देश दिए हैं कि उनके द्वारा नियमों का पालन किया जा रहा है या नहीं। शासन का निर्देश है कि सार्वजनिक स्थानों पर लगाए गए लाउडस्पीकर का शोर 10 डेसीबल से अधिक नहीं होना चाहिए।

शासनादेश के अनुसार, अधिकतम ध्वनि तीव्रता की सीमा डेसीबल में निर्धारित कर दी गई है। इसके अंतर्गत औद्योगिक क्षेत्र में दिन में 75 और रात में 70 डेसीबल से अधिक तीव्रता वाली ध्वनि नहीं होनी चाहिए। इसी तरह कॉमर्शियल क्षेत्र में दिन में 65 और रात में 55 डेसीबल, आवासीय क्षेत्र में दिन में 55 और रात में 45 तथा शांत क्षेत्र में दिन में 50 डेसीबल और रात में 40

डेसीबल से अधिक ध्वनि तीव्रता नहीं होनी चाहिए।

इस संदर्भ में हाइकोर्ट भी वायु प्रदूषण को लेकर कम गंभीर नहीं हैं। हाईकोर्ट ने कहा है कि राजधानी को किसी कीमत पर भी गैस चेंबर बनने नहीं दिया जाएगा। पंजाब, हरियाणा, राजस्थान और उत्तर प्रदेश जैसे पड़ोसी राज्यों द्वारा पराली जलाए जाने पर हाईकोर्ट ने व्यापक दिशा-निर्देश जारी किए हैं। पड़ोसी राज्यों को यह निर्देश दिए गए हैं कि वह उनके क्षेत्र में सभी पेपर कंपनी, बॉयोमास प्लांट, पॉवर व सीमेंट प्लांट आदि को यह निर्देश दें कि वह किसानों से पराली खरीदें। कपंनियों की सामाजिक जिम्मेदारी याद दिलाते हुए हाईकोर्ट ने कहा कि ऐसा करने से न सिर्फ दिल्ली-एनसीआर की आबोहवा प्रदूषित होने से बचेगी, बल्कि किसानों का आर्थिक सुधार भी होगा। हाईकोर्ट ने केंद्रीय पर्यावरण, वन एवं जलवायु परिवर्तन मंत्रालय को निर्देश दिए हैं कि पराली जलाने के संबंध में प्रत्येक राज्य में बनी विशेष कमेटी से प्रत्येक सप्ताह रिपोर्ट ली जानी चाहिए। इसी प्रकार सैटेलाइट के माध्यम से भी पराली जलाने पर नजर रखी जानी चाहिए।

आखिर कब हमारे शासन तंत्र को यह साधारण-सी बात समझ में आएगी कि फसलों के अवशेष, पत्तियों और कूड़ा-करकट को जलने देना एक तरह से मुसीबत को जान-बूझकर निमंत्रण देने वाला काम है। सर्दियां निकट आते ही उत्तर भारत के एक बड़े हिस्से में वायु प्रदूषण की समस्या बढ़ जाने के सिलसिले से अच्छी तरह परिचित होने के बाद भी पंजाब और हरियाणा में पराली जलाया जाना यही बताता है कि यहां की सरकारें अपनी नाकामी का ढिंढोरा पीटने पर आमादा हैं। यह लज्जाजनक है कि पंजाब और हरियाणा ने पराली जलाए जाने के मामले में एनजीटी के आदेश की भी अनदेखी की। इसी कारण पंजाब से लेकर पश्चिमी उत्तर प्रदेश तक वायु प्रदूषण का स्तर तेजी से बढ़ता दिख रहा है। यदि प्रदूषण के स्तर को बढ़ने से रोका नहीं जा सका, तो यह लोगों की सेहत से जान-बूझकर किया जाने वाला खिलवाड़ होगा। करीब दो दशक पहले ही यह स्पष्ट हो गया था कि सर्दियों के आगमन के साथ ही फसलों के अवशेष जलाना पर्यावरण को जान-बूझकर नष्ट करना है, लेकिन अभी भी हालात जस के तस हैं। पहले तो राज्यों ने इसे समस्या मानने से ही इन्कार किया। जब सुप्रीम कोर्ट के साथ एनजीटी की सख्ती बढ़ी, तो वे बहाने बनाने में जुट गए।

यदि देश को प्रदूषण की विकराल समस्या से ठीक ढंग से निपटना है, तो

निश्चय ही केंद्रीय पर्यावरण मंत्रालय को कुछ ठोस योजनाओं व सख्त कानूनों के साथ मजबूत क्रियान्वयन की दिशा में आगे बढ़ना होगा। निःसंदेह ऐसे ही सवाल दिल्ली सरकार से भी होंगे, क्योंकि उसने कहीं ज्यादा नाकामी का परिचय दिया है। यह निराशाजनक है कि दिल्ली और आसपास के इलाके में वायु प्रदूषण को लेकर सुप्रीम कोर्ट के साथ राष्ट्रीय हरित अधिकरण यानी एनजीटी की अनेकानेक सक्रियता के बावजूद हालात में अपेक्षित सुधार होते नहीं दिख रहे हैं। यह ठीक है कि सुप्रीम कोर्ट के समक्ष पंजाब और हरियाणा में फसलों के अवशेष यानी पराली जलाए जाने से उत्पन्न समस्या पर विचार करते समय यह कहा गया कि किसानों को जेल भेजना समस्या का समाधान नहीं, लेकिन यह समझना कठिन है कि इसके पहले इस पर क्यों नहीं सोचा गया कि किसानों को ऐसी कोई सुविधा दी जानी चाहिए, जिससे वे फसलों के अवशेष जलाने के लिए विवश न हों?

अगर पंजाब और हरियाणा के किसान मजबूरी में पराली जलाने के लिए विवश हैं, तो इसका मतलब है कि इन दोनों राज्यों के इस आशय के आश्वासन खोखले निकले कि वे इस साल किसानों को पराली जलाने से रोकेंगे? अगर केंद्र सरकार और एनजीटी के अनेक आदेश-निर्देश के बाद भी पंजाब और हरियाणा में पराली जली, तो इसलिए कि किसानों को कोई सहायता उपलब्ध नहीं कराई गई। कहना कठिन है कि आने वाले समय में पराली जलाने का सिलसिला थमेगा भी या नहीं? इन राज्यों में पराली का जो भी हो, यह मानकर नहीं चला जाना चाहिए कि वायु प्रदूषण की समस्या से केवल दिल्ली-एनसीआर अथवा पश्चिम उत्तर भारत ही जूझ रहा है। यह एक देशव्यापी समस्या है और तथ्य यह है कि दिल्ली के साथ-साथ अन्य अनेक शहरी इलाकों में प्रदूषण का स्तर बढ़ रहा है। आज देश के कई ग्रामीण इलाके भी वायु प्रदूषण की चपेट में आ रहे हैं। विभिन्न शोध-सर्वेक्षण यही बताते हैं कि भारत उन देशों में शामिल हो गया है, जहां वायु प्रदूषण का स्तर बढ़ता जा रहा है। एक अद्यतन शोध अध्ययन के अनुसार, भारत में प्रदूषणजनित रोगों से मरने वालों की संख्या लाखों में पहुंच गई है।

एक सुझाव यह हो सकता है कि पराली को इकट्ठा कर एक ऐसे स्थान पर पहुंचाया जाए, जहां उसका कोई उचित निपटान संभव हो सके। अगर यह विचार फलीभूत हो जाए, तो निःसंदेह बहुत ही बढ़िया है, लेकिन अफसोस की हमारे पास अभी ऐसी मशीनें नहीं हैं, जो महज 15 दिनों के भीतर इस काम को अंजाम

दे सकें, क्योंकि धान की कटाई और गेहूं की बुआई के बीच किसानों को जमीन तैयार करने के लिए बमुश्किल 15 दिनों का ही वक्त मिलता है। अगर पराली के निपटान के लिए कोई तकनीक उपलब्ध हो भी, तब भी उसकी ऊंची लागत को देखते हुए उसे अमल में लाना आवश्यक है।

नेशनल ग्रीन ट्रिब्यूनल यानी एनजीटी ने पंजाब, हरियाणा और पश्चिमी उत्तर प्रदेश के खेतों में पराली जलाने पर प्रतिबंध लगाया अवश्य था, लेकिन वह निरर्थक ही साबित हुआ है, क्योंकि एनजीटी ने किसानों की मूल समस्या को नजरंदाज किया है। पराली जलाने की समस्या इन राज्यों की विशेष परिस्थितियों के कारण उत्पन्न होती है। पश्चिम बंगाल से तुलना करने पर यह बात स्पष्ट हो जाती है। बंगाल में हर वर्ष 3.6 करोड़ टन पराली होती है। इसकी तुलना में पंजाब में यह दो करोड़ टन ही होती है, लेकिन बंगाल में पराली नहीं जलाई जाती है, जबकि पंजाब में जलाई जाती है। इसी प्रकार लगभग पूरे देश में धान का उत्पादन होता है, परंतु पंजाब, हरियाणा और पश्चिमी उत्तर प्रदेश को छोड़कर अन्य कहीं बड़ी मात्रा में पराली नहीं जलाई जाती। पंजाब में पराली जलाने का मूल कारण श्रमिक की दिहाड़ी का ऊंचा होना है। पंजाब में सरकार द्वारा घोषित खेत मजदूरी की न्यूनतम दिहाड़ी 293 रुपए है, जबकि बंगाल में 213 रुपए ही है।

आम तौर पर सरकारें प्रदूषण स्तर बढ़ने संबंधी रपटों के निष्कर्ष से या तो असहमति जताती हैं या फिर यह कहकर कर्तव्य की इतिश्री कर लेती हैं कि वे प्रदूषण की रोकथाम के प्रति गंभीर हैं। इस गंभीरता के नाम पर यदा-कदा केंद्रीय वन एवं पर्यावरण मंत्रालय की ओर से राज्यों को आवश्यक निर्देश भी दे दिए जाते हैं। ऐसे निर्देशों की किस तरह अनदेखी होती है, इसका ही उदाहरण है पंजाब और हरियाणा में प्रतिवर्ष पराली का जलना। भले ही प्रदूषण की रोकथाम के लिए सुप्रीम कोर्ट के साथ-साथ एनजीटी और केंद्रीय प्रदूषण नियंत्रण बोर्ड भी अपनी सक्रियता दिखाता रहता हो, लेकिन जमीन पर कोई ठोस बुनियादी बदलाव होते हुए नहीं दिख रहा है। राज्य सरकारें और प्रदूषण नियंत्रण से संबंधित उनकी एजेंसियां कुल मिलाकर सुस्त एवं नाकाम ही अधिक हैं। यही कारण है कि जल प्रदूषण की भी समस्या गंभीर हो रही है और वायु प्रदूषण की भी। प्रतिवर्ष सर्दियों में शहरी इलाकों में प्रदूषण की समस्या बढ़ जाती है, इसलिए सभी संबंधित संस्थाएं कुछ न कुछ करतीं दिखने लगती हैं, लेकिन जैसे ही मौसम में तब्दीली होती है

और प्रदूषण के स्तर में कुछ सुधार होता है, निष्क्रियता छा जाती है।

वायु प्रदूषण का अंतिम स्रोत खेतों में जलाई जाने वाली पराली है। किसानों द्वारा धान की बाली को ऊपर से काट लिया जाता है। शेष पराली को खेत में ही आग के हवाले कर दिया जाता है, क्योंकि इसका दूसरा लाभप्रद उपयोग नहीं है। इसे जलाने पर प्रतिबंध से किसान पर अतिरिक्त आर्थिक बोझ पड़ता है। यह विषय जनता के दो वर्गों के बीच का है। लाभान्वित होने वाले किसान और प्रदूषण का खामियाजा उठाने वाले परिवार, दोनों ही 'जनता' है। इस समस्या का उपाय है कि पराली के दूसरे उपयोग पर सब्सिडी दी जाए। जैसे इससे कागज और बिजली बनाई जा सकती है, तब किसान के लिए इसे एकत्रित करके उद्योगों तक पहुंचाना लाभप्रद हो जाएगा। वायु प्रदूषण के हर स्रोत के पीछे सरकार पर प्रभावी वर्ग का दबदबा है।

आवश्यकता इस बात की है कि सभी राज्य अपने-अपने स्तर पर प्रदूषण की रोकथाम के लिए कमर कसें, लेकिन इसके आसार कम ही हैं। यदि राज्यों ने प्रदूषण की रोकथाम के मामले में अपनी जिम्मेदारी सही तरह से समझी होती, तो शायद दिल्ली में खतरे की घंटी नहीं बजती। यह एक तथ्य है कि पंजाब, हरियाणा, पश्चिमी उत्तर प्रदेश और राजस्थान में इस बार भी किसानों को फसलों के अवशेष यानी पराली जलाने से रोका नहीं जा सका। इस मामले में पंजाब और हरियाणा की सरकारों को कहीं अधिक सक्रियता दिखाने की आवश्यकता थी, लेकिन दोनों अपने आश्वासन पूरा करने में नाकाम रहीं। निःसंदेह केवल हरियाणा और पंजाब को दोष देकर कर्तव्य की इतिश्री नहीं की जा सकती, क्योंकि प्रदूषण का एकमात्र कारण पराली जलाया जाना नहीं है।

निश्चित रूप से वर्तमान समय में वायु प्रदूषण अत्यंत गंभीर समस्या है। इस समस्या के निवारण के लिए दिल्ली सरकार का होटलों और ढाबों पर लकड़ी एवं उपले जलाना प्रतिबंधित करना सराहनीय निर्णय है, क्योंकि इनके जलने से निकलने वाला धुआं सिगरेट के धुएं से भी अधिक विषैला है। इस पहल को राष्ट्रीय रूप दिया जा सकता है। भारत सरकार की महत्वाकांक्षी 'उज्जवला योजना' प्रदूषण से जंग के लिए एक उम्दा कदम है। जहां एक ओर उज्जवला योजना के तहत व्यक्तिगत तौर पर प्रत्येक घर से प्रदूषण से मुक्ति की लड़ाई लड़ी जा रही है, वहीं दूसरी ओर होटलों तथा ढाबों में लकड़ी और उपले जलाना

प्रतिबंधित करना एक सराहनीय पहल है। इस पहल से समाज में एक समस्या उन ग्रामीण गरीब महिलाओं के लिए उत्पन्न हो जाएगी, जो उपले बनाकर तथा लकड़ी एकत्रित कर उनको बेचती थीं और अपनी जीविका चलाती थीं। अतः सरकारों से हम ये अपेक्षा करते हैं कि इन महिलाओं के लिए स्वरोजगार के लिए कोई लोकप्रिय योजना प्रारंभ करें, जिससे उनको रोजगार और सर्वसमाज को स्वच्छ प्राणवायु प्राप्त हो सके।

वायु प्रदूषण गंभीर रूप लेता जा रहा है। वायुमंडल में वाहनों के उत्सर्जन, कल-कारखानों के धुएं और सड़कों एवं निर्माण स्थलों से उड़ने वाली धूल की मात्रा बढ़ रही है। यदि हरियाणा और पंजाब की सरकारें पराली जलाए जाने पर रोक नहीं लगा सकीं, तो दिल्ली सरकार और केंद्र सरकार भी राजधानी के वाहनों के उत्सर्जन और धूल-धुएं से बचाने के इंतजाम नहीं कर सकीं। इस मामले में राष्ट्रीय हरित प्राधिकरण यानी एनजीटी और सुप्रीम कोर्ट की सक्रियता भी कारगर साबित नहीं हुई। निःसंदेह दिल्ली ही देश नहीं है, लेकिन यदि देश की राजधानी को घातक प्रदूषण से नहीं बचाया जा सकता, तो फिर यह उम्मीद कैसे की जाए कि दूसरे शहरों में प्रदूषण की रोकथाम सही तरह से हो सकेगी? दिल्ली सरकार और केंद्र सरकार को प्रदूषण की रोकथाम के मामले में एक उदाहरण पेश करना चाहिए था, लेकिन लगता है कि वे एक-दूसरे पर दोषारोपण करने तक ही सीमित रहना चाहती हैं।

हरियाणा के अधिकतर जिले कई वर्षों से स्मॉग की चपेट में बने हुए हैं। भले ही इसके लिए पराली जलाने वाले किसानों को जिम्मेदार ठहराया जा रहा हो, लेकिन हवा में जहर घोलने के लिए अकेले वे ही जिम्मेदार नहीं हैं। राज्य में प्रदूषण का बड़ा कारण अवैध खनन, अंधाधुंध निर्माण कार्य, धुआं उड़ाते वाहन, खुले में कूड़ा जलाना, कारखाने और नियमों को ताक पर रखकर चल रहे 2947 ईंट भट्टे और स्टोन क्रशर हैं। अधिकतर ईंट भट्टे एनसीआर इलाके में ही मौजूद हैं। सरकार ने हाल ही में इनके संचालन पर रोक लगा दी है। प्रदूषण का स्तर इस कदर बढ़ रहा है कि दिल्ली के साथ लगते गुरुग्राम, फरीदाबाद और सोनीपत की हवा में जहरीली गैसों की मात्रा निर्धारित मानकों से कई गुना बढ़ चुकी है। फरीदाबाद और गुरुग्राम में औसतन 400 माइक्रोग्राम घन मीटर पार्टिकुलेट मैटर (पीएम) 2.5 मापा गया। पूरे महीने हवा तय मानक 60 घन क्यूबिक मीटर

से औसतन पांच गुना अधिक जहरीली रही। इसके अलावा भिवानी, हिसार, यमुनानगर, बहादुरगढ़, बल्लभगढ़ और धारूहेड़ा भी खूब प्रदूषण फैला रहे हैं।

महानगरों के ऊपर छाए रहने वाले धुंध का निरंतर विस्तार हो रहा है। कई इलाकों में अब यह वर्ष भर बना रहता है। वर्तमान समय में यह जहरीली धुंध सिर्फ दिल्ली-एनसीआर पर नहीं पसरी रहती है, बल्कि पश्चिम से लेकर पूर्व तक सभी राज्य इसकी चपेट में आ चुके हैं। नासा का सेटेलाइट चित्र बताता है कि पाकिस्तान के पूर्वी इलाकों से लेकर भारत के बिहार और बंगाल तक यह पसरी है। पराली जलाने के कारण पाकिस्तान और पूरे उत्तर भारत में यह स्थिति है।

यह हमारी ऐसी ही अनेकानेक कोशिशों का यह प्रतिफल है कि कुछ क्षेत्रों में पराली जलाने के मामलों में कमी आई है और जैसे-जैसे हमारी वित्तीय स्थिति और बेहतर होगी हम प्रभावी तरीके से ऐसे और भी उपाय जारी रखेंगे। हम इसके लिए तात्कालिक समाधान नहीं तलाश रहे हैं, जिसकी फिराक में कुछ दूसरे राज्य नजर आ रहे हैं। हम चाहते हैं कि राष्ट्रीय हित में इसका स्थायी और दीर्घकालीन समाधान निकले। वास्तव में आज मात्र निगरानी-नियंत्रण की ही नहीं, बल्कि सार्थक और प्रभावी नीतिगत पहल की आवश्यकता है।

यह निराशाजनक है कि पंजाब, हरियाणा आदि में पराली जलाने पर न तो राज्य सरकारें नियंत्रण कर पा रही हैं और न ही केंद्र सरकार। पराली पर नियंत्रण की बातें पिछले एक दशक से हो रही है, लेकिन कोई ठोस असर नहीं दिख रहा है। वर्तमान में जो दिल्ली की स्थिति है, उसमें पंजाब में जलाई जाने वाली पराली की अहम भूमिका है। पराली से पंजाब के कुछ जिलों की स्थिति भी बेहतर नहीं है। इसलिए ग्रेप तभी सफल होगा, जब पड़ोसी भी सहयोग करें।

पंजाब व हरियाणा में जलाई जा रही पराली इसका प्रमुख कारण नहीं है। इस समस्या का कोई उचित समाधान निकालना ही होगा, नहीं तो वो दिन दूर नहीं, जब यहां की जनता में दमा, खांसी, टीबी और दिल की बीमारी के मरीजों की संख्या में अचानक वृद्धि देखने को मिले। दिल्ली की हवा में इस वक्त इतना प्रदूषण हो गया है कि एक सामान्य व्यक्ति जो किसी भी नशा से दूर रहता है, वो आज 50 से ज्यादा सिगरेट का धुआं अपने अंदर ले रहा है। इसका प्रभाव उसकी सेहत पर भी हो सकता है। यह तय है कि यदि हम अभी भी नहीं चेते, तो परिणाम गंभीर हो सकते हैं।

राज्य में अब तक एक करोड़ 23 लाख टन पराली जलाई जा चुकी है। पांच साल पहले यहां ईंट भट्टों की संख्या करीब तीन हजार थी, जो अब घटकर करीब ढाई हजार रह गई है। वर्तमान में 95 लाख वाहन सड़कों पर हैं। करीब 12 लाख कॉमर्शियल वाहन हैं। इनमें साढ़े चार लाख ट्रैक्टर भी शामिल हैं। राज्य के प्रदूषण में इन वाहनों की भूमिका करीब 12 प्रतिशत है। यहां गाड़ियों की वृद्धि दर तकरीबन नौ प्रतिशत है। पंजाब, हरियाणा, उत्तर प्रदेश सहित अन्य राज्यों में पराली जलाने की जो समस्या है, उसका भी समाधान संभव है। इसके बाद किसानों के पास पुआल के उपयोग का विकल्प भी उपलब्ध हो जाएगा।

4

पटाखों का शोर, प्रदूषण चहुंओर

भारतीय नागरिकों को अपनी उन आदतों पर रोक लगानी होगी, जो पर्यावरण और स्वच्छता विरोधी हैं। प्रतिवर्ष दीपावली पर जहां पटाखों का चलन बढ़ा है, वहीं उत्तर भारत के कई राज्यों में अक्टूबर-नवंबर के महीनों में पराली यानी फसलों के अवशेष जलाने की प्रवृत्ति भी बढ़ी है। इसी के चलते पर्यावरण के समक्ष बड़ी चुनौती खड़ी हो रही है। पंजाब, हरियाणा, राजस्थान और पश्चिमी उत्तर प्रदेश में बड़े पैमाने पर पराली जलाए जाने से आकाश में धुंध की चादर-सी फैल जाती है। चूंकि दीपावली के समय पश्चिम उत्तर भारत में हल्की ठंड की भी शुरुआत हो जाती है, इसलिए पराली जलाए जाने और पटाखों से उत्पन्न धुआं आसमान में जमा होने लगता है। फिर यह धूल के कारण विषाक्त स्मॉग में बदल जाता है। दीपावली पर पश्चिम उत्तर भारत और खासकर दिल्ली-एनसीआर जैसी सर्दी देश के अन्य हिस्सों में नहीं होती। इसी तरह जहां उत्तर भारत के एक बड़े हिस्से में पराली नहीं जलती, वहीं दक्षिण भारत में पराली न जलने के साथ पटाखों का चलन भी कम है।

यह ठीक है कि पटाखों के दुष्प्रभाव को लेकर उत्तर भारत के शहरों में जो जागरूकता बढ़ी है, उसका विस्तार पूरे देश में हो रहा है, लेकिन जरूरत इसकी भी है कि हर कोई खुद भी जागरूक हो और अन्य को भी इसके लिए जागरूक करे कि अत्यधिक पटाखे पर्यावरण के साथ सेहत पर भी बहुत बुरा असर डालते हैं।

वायु प्रदूषण सरीखी समस्या का सामना करते हुए धार्मिक मान्यताओं का सवाल खड़ा करना ठीक नहीं है। हमारे उत्सव और परंपराएं सबके लिए हितकारी हों, इसकी सबसे ज्यादा चिंता हमें ही करनी चाहिए। जब तक ज्यादा धुएं वाले पटाखे बनने बंद नहीं होते, पराली का जलाया जाना नहीं रु कता और बेहिसाब वाहनों पर नियंत्रण नहीं होता, तब तक पश्चिम उत्तर भारत और विशेषकर दिल्ली-

एनसीआर में पटाखों पर आत्मनियंत्रण आवश्यक है। एक अन्य छोटी-सी पहल सामुदायिकता का भाव जगाने की भी होनी चाहिए, ताकि लोग मिल-जुलकर और एक जगह एकत्र होकर त्योहार मनाएं। इससे न केवल सामाजिक सद्भाव बढ़ेगा, बल्कि धन की बर्बादी रुकने के साथ ही प्रदूषण पर भी अंकुश लगेगा।

दिल्ली-एनसीआर में पटाखों की बिक्री पर प्रतिबंध के फैसले को लेकर असहमति के भी कुछ स्वर उठे हैं। ऐसे स्वरों के लिए एक अवसर तो खुद सुप्रीम कोर्ट ने ही दे दिया है। उसने पटाखों की बिक्री रोकने के वर्ष 2017 के अपने आदेश में करीब एक माह पहले संशोधन कर कुछ शर्तों के साथ पटाखे बेचने की इजाजत दे दी थी। नतीजा यह हुआ कि पटाखा बनाने और बेचने वालों ने अपनी तैयारी शुरू कर दी। अच्छा होगा कि कम से कम भविष्य के लिए पटाखों के निर्माण और उनकी बिक्री के नियमन की जरूरत समझी जाए। ऐसा इसलिए और भी होना चाहिए, क्योंकि बार-बार यह सामने आ रहा है कि हानिकारक चीजों के इस्तेमाल को रोकने में प्रतिबंध से अधिक नियमन प्रभावी होता है। कई बार बिना नियमन प्रतिबंध या तो निष्प्रभावी साबित होता है या फिर उसकी काट के तौर-तरीके खोज लिए जाते हैं। यह बात जितनी पटाखों के संदर्भ में लागू होती है, उतनी ही पॉलिथीन और ऐसी ही अन्य वस्तुओं के मामले में भी। वैसे भी कान फोड़ देने और विषैला धुआं छोड़ने वाले पटाखों का निर्माण बंद होना ही चाहिए। इससे किसी को भी फायदा नहीं होता। पर्यावरण और मानवीय स्वास्थ्य दोनों के लिए यह घातक है।

दिल्ली और उसके आसपास के क्षेत्रों में पटाखों की बिक्री पर सुप्रीम कोर्ट की पाबंदी प्रदूषण के खिलाफ जारी लड़ाई लड़ने में सहायक बननी चाहिए, लेकिन ऐसा तब होगा, जब आम लोग यह समझने के लिए तैयार होंगे कि उत्सव के नाम पर सेहत को नुकसान पहुंचाने वाले तौर-तरीकों का परित्याग करने में ही भलाई है। कम से कम दिल्ली-एनसीआर की जनता इससे अनभिज्ञ नहीं हो सकती कि पिछले वर्षों में और विशेष रूप से बीते बरस दीपावली के अगले दिन ऐसे हालात बने कि सांस लेना भी दूभर हो गया था। यह ठीक नहीं कि देश के सबसे बड़े उत्सव यानी दीपावली के अगले ही दिन ऐसी स्थिति बने कि लोगों की सेहत पर बन आए।

सुप्रीम कोर्ट का फैसला यद्यपि अभी केवल दिल्ली-एनसीआर के लिए ही है,

लेकिन देश के एक बड़े हिस्से खासकर उत्तर भारत के शहरी इलाकों में दीपावली के ठीक अगले दिन काफी कुछ वैसे ही हालात बनते हैं, जैसे देश की राजधानी में दिखाई देते हैं। इसकी भी अनदेखी नहीं की जा सकती कि हाल के समय में दीपावली को पटाखे दागने का पर्याय सा बना दिया गया है और इस क्रम में कहीं अधिक शोर और विषाक्त धुएं वाले पटाखों का चलन जरूरत से ज्यादा बढ़ गया है। बेहतर यही होगा कि सामाजिक एवं राजनीतिक क्षेत्रों के अग्रणी लोग आम जनता को इसके लिए प्रेरित-प्रोत्साहित करें कि सुख-समृद्धि और धन-धान्य के पर्व पर ध्वनि और वायु प्रदूषण बढ़ाने का काम न किया जाए। लोगों को जागरूक करने का यह काम दिल्ली-एनसीआर के साथ-साथ देश के अन्य हिस्सों में भी होना चाहिए।

निःसंदेह दिल्ली-एनसीआर क्षेत्र में दीपावली पर प्रदूषण रोकने के लिए पटाखों की बिक्री पर पूर्ण प्रतिबंध लगाने के सर्वोच्च न्यायालय के फैसले को लेकर तरह-तरह के तर्क-वितर्क हैं। लोकतंत्र में कोई अंतिम सत्य नहीं होता, फिर भी राजनीतिक फलक पर जनता का बहुमत और संवैधानिक फलक पर सर्वोच्च न्यायालय के निर्णय को स्वीकार करने की बाध्यता होती है। पटाखों की बिक्री पर रोक वाले फैसले के पीछे एक नेक इरादा दिखता है, लेकिन इसका एक आर्थिक पहलू भी है। दिल्ली-एनसीआर के जिन अनेक व्यापारियों ने एक माह पहले सर्वोच्च न्यायालय के फैसले में संशोधन के बाद उन्हें खरीदा, उनके नुकसान की भरपाई कर पाना संभव नहीं होगा। दीपावली के बाद पटाखों की बिक्री में ढील देने से इस नुकसान की भरपाई नहीं हो सकती। ऐसा फैसला केवल दिल्ली-एनसीआर के लिए ही नहीं होना चाहिए, बल्कि पूरे देश में यह प्रतिबंध लागू किया जाना चाहिए।

पर्व खुशियां मनाने के लिए मनाए जाते हैं। इसमें दीपावली का पर्व तो खुशी, उल्लास व आस्था का पर्व है। इसे रोशनी का पर्व भी कहते हैं। पहले घी और तेल के दीये जलाकर रोशनी कर इस पर्व को मनाया जाता था। इसका एक कारण अमावस की अंधेरी रात है। इस अंधकार को दूर करने के लिए ही रोशनी की जाती है। रोशनी वैसे भी शुभ मानी जाती है, इसलिए भी इसका दीपावली से संबंध बना हुआ है। धीरे-धीरे इसमें पटाखे शामिल हो गए। अगर पटाखों का इस्तेमाल प्रतीक रूप में किया जाए, तो भी ठीक है, लेकिन इस पर्व पर बेहिसाब पटाखे

छोड़े जाते हैं। इससे ध्वनि प्रदूषण के साथ ही वायु प्रदूषण भी बढ़ता है। इससे मनुष्य ही नहीं, जीव-जंतु भी प्रभावित होते हैं। बुजुर्ग व बीमार लोगों के लिए ये पटाखे परेशानी उत्पन्न करते हैं, वहीं पशु-पक्षियों को घायल कर देते हैं।

अनेक स्थानों पर पटाखे आग की घटनाओं के कारण भी बनते हैं। इससे परिवार, समाज और देश को बहुत बड़ी क्षति होती है। इससे न जाने प्रतिवर्ष कितने बच्चों की आंखें चली जाती हैं। कितने घायल होते हैं और भयानक अग्निकांड से न जाने कितनी बड़ी जान-माल की हानि अलग से होती है। ऐसा लगता है कि दीपावली में पटाखों में नहीं, बल्कि पैसे में ही आग लगती है। दीपावली जैसे पवित्र प्रकाश और स्वच्छता के पर्व पर एक ओर तो सुख, शांति और समृद्धि के लिए लक्ष्मी की पूजा होती है और दूसरी ओर दुर्भाग्य से जहरीले बारूद में ही आग लगाई जाती है। इस पवित्र पर्व को पवित्रता से मनाने से निश्चित ही बहुत बड़ी धनराशि की हानि और इस भयंकर तबाही से बचा जा सकता है। यह सभी को प्रगति के बड़े रास्ते पर प्रशस्त कर सकती है। यही सभी धर्मों का उद्देश्य है।

लगभग प्रत्येक वर्ष कई बार मेडिकल इमरजेंसी जैसी स्थिति प्रदूषण के कारण उत्पन्न हो जाती है। इससे जनजीवन ठप हो जाता है। स्कूलों को बंद करना पड़ता है। स्वास्थ्य के बिगड़ते स्तर के कारण व्यापक स्तर पर हालात बेकाबू होने लगते हैं। स्वच्छ हवा का नामों निशान दिखाई नहीं पड़ता है। विगत अनेक वर्षों से लगातार कई सप्ताह तक राष्ट्रीय राजधानी क्षेत्र स्मॉग चैंबर बनी रही थी। इससे बचने के प्रयास किए अवश्य जा रहे हैं, लेकिन वे नाकाफी हैं। 17 अक्टूबर 2017 से पर्यावरण प्रदूषण नियंत्रण प्राधिकरण (ईपीसीए) ने दिल्ली-एनसीआर में ग्रेडेड रिस्पांस एक्शन प्लान (ग्रेप) भी लागू किया गया था, लेकिन फिर भी ऑक्सीजन की बजाय दिल्ली-एनसीआर गैस चैंबर में बैठा रहा। इस बार तो प्रदूषण के डर से राष्ट्रीय राजधानी क्षेत्र ने ठीक से पटाखे भी नहीं चलाए थे कि कहीं जान जोखिम में न पड़ जाए। ईपीसीए ने ग्रेप तो बना दिया, लेकिन उसकी प्रशासनिक पकड़ में कोई नहीं आया। राजनीतिक और प्रशासनिक हीलाहवाली के कारण ये प्लान कागजी ही ज्यादा साबित हुआ। इसके प्रावधानों का खुलेआम उल्लंघन हुआ। भारत में कागजों पर बनने वाली अच्छी से अच्छी योजनाएं भी वास्तविक धरातल पर दम तोड़ती दिखाई पड़ती हैं, क्योंकि हम संकीर्ण राजनीति और अदूरदर्शितापूर्ण मनोवृत्ति को त्याग नहीं पाते।

मनुष्य दिनोंदिन विज्ञान और तकनीक पर आधारित नवीन उपलब्धियां अर्जित कर रहा है। यह उपलब्धियां निःसंदेह प्रशंसनीय हैं। समस्या यह है कि जहां मनुष्यों का एक विशिष्ट वर्ग सभ्यता की बेहतरी के लिए हैरतअंगेज उपलब्धियां अर्जित कर रहा है, वहीं दूसरी ओर मानव समाज का एक बड़ा हिस्सा अपने दायित्वों की अनदेखी कर रहा है। करोड़ों व्यक्तियों की अकर्मण्यता, उदासीनता और लापरवाही से होने वाली हानि को कुछ हजार व्यक्तियों के परिश्रम से रोका नहीं जा सकता। हमें अपने आचरण का गंभीर रूप से आत्मावलोकन करना चाहिए। प्रत्येक व्यक्ति को यह संकल्प लेना चाहिए कि वह ऐसा कोई कार्य नहीं करेगा, जिससे तात्कालिक या दीर्घकालिक रूप में पर्यावरण और समाज की क्षति होती हो। कई ऐसे आचरण हैं, जिन पर प्रतिबंध लगाकर हम पर्यावरण संरक्षण की दिशा में तत्काल बहुत बड़े परिणाम ला सकते हैं। पटाखों का प्रयोग ऐसी ही एक आदत है, जिसे प्रतिबंधित किए जाने की आवश्यकता है।

दीपावली या किसी आयोजन पर पटाखों के जरिए हम वातावरण में वायु और ध्वनि प्रदूषण का इस कदर जहर घोल देते हैं कि जीवन को खतरा पैदा हो जाता है। इसमें सस्पेंडिड पार्टिकुलर मैटर (एसपीएम यानी कण रूप में), रेसपाइरेबल सस्पेंडिड पार्टिकुलस मैटर (आरएसपीएम यानी घुलनशील), नाइट्रोजन डाई ऑक्साइड, सल्फर डाई ऑक्साइड की मात्रा की माप की जाती है। सेंट्रल पोल्यूशन बोर्ड के मानकों के मुताबिक, एसपीएम और आरएसपीएम 80 मिलीग्राम प्रति स्क्वायर मीटर होना चाहिए और गैस 100 मिलीग्राम प्रति स्क्वायर मीटर होनी चाहिए। पटाखे छुड़ाने के स्थान के अलावा आसपास ये मानक पूरी तरह गड़बड़ा जाते हैं। पटाखों से निकलने वाले धुएं को हम सिर्फ धुआं समझकर नजरअंदाज कर दते हैं, लेकिन वास्तव में यह बेहद खतरनाक और विषाक्त है। यह मानव शरीर पर धीरे-धीरे अपना असर छोड़ता है।

लोग पटाखों के दुष्प्रभाव को जानते हुए भी करोड़ों रुपए फूंक देते हैं, जो बहुत चिंता का विषय है। पटाखे बनाने में बेहद विषैले तत्वों का प्रयोग किया जाता है। इसमें मुख्य रूप से चारकोल, पोटेशियम नाइट्रेट के अलावा सल्फर व एल्यूमिनियम बेरियम नाइट्रेट, एल्यूमिनियम, सल्फर व तारकोल से तैयार किए जाते हैं, जो शरीर के हर अंग के लिए हानिकारक होते हैं। हम अपनी जान एवं पर्यावरण की कीमत पर उत्सव नहीं मना सकते। यह संभव है कि पटाखा

कारोबारियों पर इसका कुछ असर पड़े, लेकिन देश हित में यह सही फैसला साबित होगा। इससे वायु प्रदूषण में कई गुना कमी देखने को मिलेगी। पार्टिकल्स एवं गैस का स्तर कई गुना कम हो जाएगा। ज्यादा मांग के चलते काफी व्यापारी बाजार में नकली पटाखे भी बेच डालते हैं, जिसमें बहुत हानिकारक रसायनिक तत्व होते हैं, जो वायुमंडल में अनेक जहरीले कणों को फैला देते हैं और वायुमंडल विषैला हो जाता है।

पटाखों के अनावश्यक एवं अविवेकपूर्ण उपयोग का कोई औचित्य नहीं है। पटाखे पूरी तरह प्रतिबंधित किए जाने चाहिए। हर्ष और आनंद मनाने का कोई भी ऐसा तरीका स्वीकार नहीं किया जा सकता, जो पर्यावरण, प्रकृति और मानव सभ्यता के लिए घातक हो। भारत का सर्वोच्च न्यायालय कई बार इस संदर्भ में गंभीर चिंता व्यक्त कर चुका है। सुप्रीम कोर्ट ने देश में पटाखों के भंडारण पर भी हैरत जताई है। शीर्ष अदालत ने कहा कि भारतीय सेना से ज्यादा विस्फोटक सामग्री का भंडारण पटाखे के रूप में है। इनसे तो पूरा देश जल सकता है। त्योहारों के आसपास दिल्ली में वायु प्रदूषण बढ़ जाने की सुनवाई के दौरान अदालत को बताया गया कि राष्ट्रीय राजधानी के चारों तरफ 50 लाख किलो से अधिक पटाखों का भंडार है। सर्वोच्च न्यायालय ने इस मामले में सुनवाई के दौरान यह भी कहा था कि दीपावली के समय पांच दिनों तक प्रतिदिन 10 लाख किलो पटाखे इस्तेमाल किए जाते हैं।

चीन से आयात होने वाले पटाखे बेहद सस्ते होते हैं, लेकिन इनमें ढेर सारी प्रतिबंधित सामग्री का इस्तेमाल किया गया होता है। इन पर गुणवत्ता नियंत्रण नहीं है। शीर्ष अदालत ने नवंबर, 2017 में सरकार को थोक एवं खुदरा पटाखा विक्रेताओं का लाइसेंस निलंबित करने का आदेश दिया था। न्यायालय में यह भी बताया गया कि सिक्किम में पटाखा जलाने पर प्रतिबंध है। चीन में भी पटाखों के इस्तेमाल पर नियम बना है। प्रदूषण का स्तर बढ़ जाने के बाद चीन की सरकार ने इसके इस्तेमाल पर प्रतिबंध लगा दिया।

पटाखों की बिक्री पर प्रतिबंध के सुप्रीम कोर्ट के आदेश के बावजूद दिल्ली-एनसीआर में बड़ी मात्रा में पटाखे फोड़े जाते रहे। यह बेहद दुर्भाग्यपूर्ण है कि जहां दिल्ली-एनसीआर के लोगों के स्वास्थ्य की चिंता करते हुए शीर्ष अदालत ने एक ऐतिहासिक कदम उठाया, वहीं लोगों ने पटाखे फोड़कर यह जता दिया कि उनके

लिए पर्यावरण की चिंता कोई मायने नहीं रखती। दिल्ली के साथ ही एनसीआर से जुड़े प्रमुख शहरों नोएडा, गाजियाबाद, गुरुग्राम व फरीदाबाद में भी दीपावली पर देर रात तक पटाखे फोड़े जाते रहे, जिसका कुप्रभाव वायु प्रदूषण के स्तर में अत्यधिक वृद्धि और दिनभर वातावरण में मौजूद स्मॉग के रूप में देखने को मिला। ऐसा इसलिए भी हुआ कि लोगों को पटाखे आसानी से उपलब्ध थे। राज्यों की पुलिस भी काफी हद तक विफल रही। इन राज्यों की पुलिस ने प्रतिबंध लागू कराने में सख्ती नहीं बरती, अन्यथा यह स्थिति नहीं होती।

यह गंभीर चिंता का विषय है कि दिल्ली-एनसीआर के लोग पर्यावरण व स्वास्थ्य के प्रति सजग नहीं हैं। दिल्ली-एनसीआर में साल-दर-साल वायु प्रदूषण की समस्या गहराती जा रही है। ऐसे में यहां वायु प्रदूषण के स्तर में कमी लाने के प्रयासों पर पानी नहीं फेरा जाना चाहिए। यह सही है कि सुप्रीम कोर्ट का आदेश वर्ष 2017 में दीपावली से कुछ दिन पूर्व ही आया था। निश्चय ही यदि इस पर सख्ती से अमल किया गया होता, तो हालात इतने बदतर नहीं होते। हालात देखते हुए दिल्ली व एनसीआर से संबंधित राज्यों की पुलिस को पटाखों की बिक्री पर प्रतिबंध को लेकर अपने कामकाज की समीक्षा करनी चाहिए और लापरवाह पुलिसकर्मियों की पहचान कर उनके खिलाफ कार्रवाई करनी चाहिए।

वर्ष 2017 में दीपावली के बाद प्रदूषण की भयावह स्थिति देखते हुए केंद्र सरकार और सुप्रीम कोर्ट के स्तर पर प्रदूषण के नियंत्रण को लेकर कई तरह की पहल की गई थी, लेकिन बात बनी नहीं। दिल्ली-एनसीआर में प्रदूषण की रोकथाम में नाकामी का एक कारण वाहनों की बेहिसाब संख्या भी है। एक तो दिल्ली-एनसीआर में पहले से ही रिकॉर्ड संख्या में गाड़ियां हैं और दूसरे रोजाना रात में ट्रकों की आवाजाही भी प्रदूषण की समस्या बढ़ा रही है। यह सही है कि प्रदूषण के स्तर को कम करने के लिए केंद्र सरकार कई कदम उठा रही है, लेकिन वह एक सीमा तक ही चीजें नियंत्रित कर सकती है। इस संदर्भ में कई प्रशासनिक दायित्व व क्रियान्वयन की जिम्मेदारियों को निभानी है। केवल सरकारों के बल पर पर्यावरण को संरक्षित नहीं किया जा सकता। इसके लिए नागरिक समाज और संगठनों को भी अपना दायित्व निभाना चाहिए। सभी सक्रिय सहभागिता से ही हम अपने पर्यावरण को बचा सकते हैं। यदि हम अभी सक्रिय और सजग नहीं हुए, तो अगला अवसर हमें शायद ही मिले।

5

जल है, तो जीवन है

बढ़ती हुई आबादी और लापरवाही के कारण यूं तो संपूर्ण विश्व में जल संकट गहराता जा रहा है, किंतु भारत जैसे विकासशील देशों तथा अल्पविकसित देशों में यह समस्या अत्यधिक जटिल रूप ले चुकी है। जल संरक्षण के लक्ष्य को ध्यान में रखते हुए भारत में कई सरकारी कार्यक्रम और योजनाएं संचालित की जा रही हैं। लोगों में जागरूकता की कमी के कारण यह कार्यक्रम अपने लक्ष्य तक नहीं पहुंच पा रहे हैं। इन कार्यक्रमों में जन सहभागिता के बिना वांछित सफलता प्राप्त नहीं की जा सकती है।

वर्षा जल संचयन के लिए सरकार अब तक जागरूकता कार्यक्रम चलाती रही है, ताकि लोग वर्षा जल संचयन यंत्र लगाकर जल संरक्षण में मदद करें। जल संरक्षण के लिए केंद्र व दिल्ली सरकार द्वारा बार-बार अपील के बावजूद जब बात नहीं बनी, तो जल बोर्ड ने सख्ती शुरू कर दी है। बोर्ड ने वर्षा जल संचयन यंत्र नहीं लगाने पर लगभग छह हजार उपभोक्ताओं पर लगभग 90 लाख रुपए का जुर्माना लगाया है। देश में वर्षा जल संचयन नहीं करने पर पहली बार इस तरह की कार्रवाई की गई है। इस कार्रवाई से जल बोर्ड ने उन उपभोक्ताओं, सरकारी महकमों व व्यावसायिक प्रतिष्ठानों को कड़ा संदेश दिया है। उल्लेखनीय है कि 500 वर्ग मीटर से बड़े भूखंड के भवनों में वर्षा जल संचयन यंत्र नहीं लगाने पर जुर्माने का प्रावधान है, पर कार्रवाई नहीं हो रही थी। जल बोर्ड पिछले दो साल से उपभोक्ताओं को वर्षा जल संचयन यंत्र लगाने का समय दे रहा था।

भारत में एक लंबे समय से जल संसाधन के उचित संरक्षण के प्रति जागरूकता की कमी देखी जा रही है। विशाल जनसंख्या की आवश्यकताओं की पूर्ति के लिए भारत को जितने पानी की आवश्यकता है, उतनी उपलब्धता हमारे पास नहीं है। हमारे जलस्रोतों में कमी आती जा रही है। प्रदूषण और जलवायु परिवर्तन के

कारण वर्षा भी कम होती जा रही है। प्रदूषण के कारण नदियों का आकार सिमटता जा रहा है। अधिकांश नदियां या तो पूरी तरह विलुप्त हो चुकी हैं अथवा विलुप्त होने की कगार पर हैं।

समस्या की गहराई को समझते हुए एनजीटी ने कहा है कि सभी राज्य नदियों में न्यूनतम पर्यावरणीय प्रवाह 15 से 20 प्रतिशत तक सुनिश्चित करें। जब मौसम अनुकूल न हो, तब यह बेहद जरूरी है। एनजीटी ने कहा है कि अगर कोई राज्य ऐसा करने में सक्षम नहीं है, तो वह वन व पर्यावरण मंत्रालय से संपर्क कर सकता है। इसके सचिव जल संसाधन मंत्रालय से संपर्क करके मामले का निपटारा करेंगे। अगर उन्हें लगता है कि नदी के पर्यावरणीय प्रवाह में कुछ कमी करने की जरूरत है, तो इस आशय का आदेश पारित करना होगा। पर्यावरणीय प्रवाह का मतलब नदी में पानी की मात्रा, समय और प्रवाहित होने वाले पानी की गुणवत्ता से जुड़ा है। यह आदेश उस याचिका की सुनवाई के दौरान आया, जिसमें पर्यावरण मंत्रालय ने कहा था कि उसने छह नदियों पर अपनी रिपोर्ट तैयार कर ली है।

आज हमारी नदियों में बहुत अधिक मात्रा में कचरा, मलबा और औद्योगिक अपशिष्ट तथा खतरनाक रसायन प्रवाहित हो रहे हैं। केवल गंगा में ही 1100 से अधिक औद्योगिक इकाइयों का अपशिष्ट गिर रहा है। शहरों से 3520 एमएलडी सीवेज गंगा में गिर रहा है। इसे रोकने के लिए ठोस क्रियान्वयन की जरूरत है। समय के साथ-साथ इतनी सारी एजेंसियां और विभाग गंगा के काम से जुड़ गए हैं, लेकिन वांछित परिणाम सामने नहीं आ पाए हैं। इनके बीच समन्वय करना अपने आप में चुनौती है। हम सीवेज ट्रीटमेंट के लिए 50 साल पुरानी तकनीक का इस्तेमाल कर रहे हैं। गंगा के किनारे जो शहर बसे हैं, वहां के स्थानीय निकायों से लेकर संबंधित विभागों तक किसी को भी यह चिंता नहीं है कि इस नदी में प्रदूषण कैसे रोका जाए। गंगा नदी के किनारे तीन आइआइटी स्थित हैं, लेकिन उन्होंने भी यह चिंता नहीं की कि उनके शहर से गंगा में जाने वाले घरेलू और औद्योगिक प्रदूषण को साफ करने की क्या तकनीक अपनाई जाए। गंगा के लिए नेशनल रिवर एक्ट लाने की बात कागज और फाइलों में सीमित है। केवल एनएमसीजी को निदेशालय में बदलने का काम हुआ है।

राज्यों में भी गंगा को निर्मल बनाने की योजना को लागू करने के लिए जल बोर्ड से लेकर, स्थानीय निकायों तक कई संस्थाएं हैं। शहरों में जमीन नगर

विकास प्राधिकरणों के पास है, जबकि सीवेज ट्रीटमेंट प्लांट लगाने की जिम्मेदारी जल निगम या बोर्ड की है। निगरानी का जिम्मा राज्य प्रदूषण नियंत्रण बोर्ड के पास है। इन सबके बीच तालमेल बैठा पाना चुनौती है। जब तक संसद से कानून पारित नहीं करेंगे और अपराध तथा सजा तय नहीं करेंगे, तब तक गंगा साफ नहीं होगी। एनएमसीजी में फिलहाल कोई गैर सरकारी सदस्य नहीं है। इस कार्य में महत्वपूर्ण सामाजिक संगठनों और पर्यावरणविदों को शामिल किया जाना चाहिए। जब तक समाज इस अभियान से नहीं जोड़ा जाता, तब तक नदियों को बचाने में सफलता नहीं मिलेगी।

ऐसे समय में जब जल संकट बढ़ने के संकेत और अधिक स्पष्ट होने लगे हैं, तब इसका कोई मतलब नहीं कि नदियों के जल का समुचित इस्तेमाल करने पर ध्यान न दिया जाए। हमें पानी के प्रबंधन पर विशेष ध्यान देने की आवश्यकता इसलिए है, क्योंकि जहां विश्व की कुल आबादी का करीब 18 प्रतिशत भारत में है, वहीं इस्तेमाल योग्य जल भंडार चार प्रतिशत ही हैं। यदि जल संबंधी जरूरतों पर समय रहते ध्यान नहीं दिया गया, तो आने वाले समय में समस्याएं और बढ़ सकती हैं। इस संदर्भ में इसकी अनदेखी नहीं की जा सकती कि ग्लोबल वार्मिंग के दुष्प्रभाव साफ दिखने लगे हैं। भविष्य में कहीं सूखे और कहीं बाढ़ का संकट और अधिक बढ़ने वाला है। ऐसे में समझदारी इसी में है कि पानी की एक-एक बूंद को सहेजने के हरसंभव जतन किए जाएं।

भारत में मानसून पर्याप्त जल उपलब्ध करा देता है, लेकिन अधिकांश नदियों का पानी समुद्र में बहकर एक तरह से बेकार चला जाता है। नदियों को जोड़कर न केवल पानी को व्यर्थ होने से रोका जा सकता है, बल्कि उसे जरूरत वाले इलाके में भेजा भी जा सकता है। नदी जोड़ो परियोजना के विरोध में जो एक तर्क जोर देकर सामने रखा जाता है, वह है पर्यावरण के नुकसान का। वास्तव में ऐसी कोई परियोजना हो नहीं सकती, जिसमें पर्यावरण को किसी न किसी तरह कोई क्षति न पहुंचती हो। केन-बेतवा नदियों को जोड़ने से भी वन क्षेत्र प्रभावित होने के साथ कुछ लोगों को विस्थापित भी होना पड़ेगा, लेकिन यह मानकर चलना चाहिए कि इन नदियों को जोड़ने से पर्यावरण को होने वाली क्षति की भरपाई के भी उचित कदम उठाए जाएंगे और साथ ही विस्थापन का शिकार होने वालों के समुचित पुनर्वास पर भी। चूंकि अतीत में ये दोनों काम सही तरह नहीं किए गए, इसलिए

करीब-करीब हर परियोजना का विरोध होने लगा। यह विरोध पर्यावरण को होने वाले नुकसान के आधार पर भी होता है और प्रभावित लोगों की अनदेखी के चलते भी। सरकार को सुनिश्चित करना होगा कि अब ऐसा न होने पाए। इससे ही केन-बेतवा की तर्ज पर अन्य नदियों को जोड़ने में सफलता मिलेगी। हमें अपनी विशाल जनसंख्या की आवश्यकताओं को ध्यान में रखते हुए विकास कार्यक्रमों और आर्थिक योजनाओं को भी आगे बढ़ाना है। हमें यह प्रयास करना होगा कि इन परियोजनाओं में पर्यावरण की क्षति न्यूनतम हो। हमें यह भी समझना होगा कि पर्यावरण की क्षति हो जाने से विकास योजनाओं का लाभ समाप्त होता जाता है। पर्यावरण और विकास के इस संतुलन और समन्वय को हमें समझना और स्वीकार करना होगा।

हमें अपने परंपरागत जलस्रोतों और सूखते तालाबों को बचाने की आवश्यकता है। तालाब, पोखर, ताल या तलैया कमोबेश एक ही जलस्रोत के अलग-अलग नाम हैं। ये ऐसी प्राकृतिक संरचनाएं होती हैं, जिनमें लाभ छोड़ नुकसान नहीं होता है। मानसून के दौरान चार महीने होने वाली बारिश का पानी इनमें जमा होता है, जो बाद में अलग-अलग कार्यों में इस्तेमाल किया जाता है। इससे अनेक लाभ है। इससे भूजल स्तर दुरुस्त रहता है। जमीन में नमी बरकरार रहती है। धरती के बढ़ते तापमान पर नियंत्रण रहता है। स्थानीय समाज का सामाजिक, सांस्कृतिक केंद्र होते हैं। लोगों के साथ आने से सामुदायिक भावना पुष्पित-पल्लवित होती है। लोगों के रोजगार के भी ये बड़े स्रोत होते हैं। इसका निर्माण काफी सहज और किफायती होता है। इस संरचना के निर्माण के लिए न तो विशिष्ट तकनीक की जरूरत पड़ती है और न ही बड़ी पूंजी की। पहले के दिनों में तो लोग श्रमदान करके तालाब या पोखर बना डालते थे। विडंबना यह है कि जो तालाब पारंपरिक रूप से जल के सबसे बड़े जल संसाधन माने जाते रहे हैं, सरकारी भाषा उन्हें 'जल संसाधन' नहीं मानता।

एक समय वर्ष 1947 में देश में कुल 24 लाख तालाब थे। तब देश की आबादी आज की चौथाई थी। आज वैसे तो देश में तालाब जैसे प्राकृतिक जलस्रोतों का कोई समग्र आंकड़ा मौजूद नहीं है, लेकिन वर्ष 2000-01 के आंकड़ों के अनुसार देश में तालाबों, बावड़ियों और पोखरों की संख्या 5.5 लाख थी। हालांकि इसमें से 15 प्रतिशत बेकार पड़े थे, लेकिन 4 लाख 70 हजार

जलाशयों का इस्तेमाल किसी न किसी रूप में हो रहा था। वर्ष 1944 में गठित अकाल जांच आयोग ने अपनी सिफारिश में कहा था कि आने वाले वर्षों में पेयजल की बड़ी समस्या खड़ी हो सकती है। इस संकट से जूझने के लिए तालाब ही कारगर होंगे, जहां इनकी बेकद्री ज्यादा होगी, वहां जल समस्या हाहाकारी रूप लेगी। आज बुंदेलखंड, तेलंगाना और कालाहांडी जैसे क्षेत्र पानी संकट के पर्याय के रूप में जाने जाते हैं। कुछ दशक पहले अपने प्रचुर और लबालब तालाबों के रूप में इनकी पहचान थी।

जल संकट से निपटने के लिए तालाबों और नदियों को बचाना होगा। इस समय देश में तकरीबन 400 नदियां हैं। इनकी कुल लंबाई तकरीबन दो लाख कि.मी. होगी। इतने में पांच बार धरती का चक्कर लगाया जा सकता है। ये अपने साथ 1,869 अरब घन मीटर पानी लेकर चलती हैं। इतने में पूरा देश दो फीट पानी में डूब सकता है। ये नदियां सवा सौ करोड़ लोगों की प्यास बुझाती हैं। देश की सांस्कृतिक धरोहरों को पुष्पित-पल्लवित करती हैं। इन सबके बावजूद हम ही अपनी नदियों की रक्षा नहीं कर पा रहे हैं। आज देश की 70 प्रतिशत नदियां खतरे की सीमा को पार कर चुकी हैं और विलुप्त होने की कगार पर हैं। इस संदर्भ में संकट की पड़ताल करने के लिए दिसंबर, 2016 में इंडिया रिवर्स वीक के तहत जल कार्यकर्ता और विशेषज्ञों की बैठक हुई थी। इसमें देश की 290 नदियों का परीक्षण किया गया था। इस अध्ययन में सामने आया था कि इनमें से 205 नदियां यानी 70 प्रतिशत से भी अधिक खतरे के घेरे में हैं। इनमें कई बड़ी और प्राचीन नदियां भी शामिल हैं। इनकी धारा लगातार कम हो रही है। सहायक नदियां या तो सूख गई हैं, या फिर सूखने की कगार पर हैं। सभी में प्रदूषण चरम पर हैं। नदियों के किनारे अतिक्रमण किया गया है और कैचमेंट एरिया में लगे पेड़ों को काट डाला गया है।

नदियों और पर्यावरण को सबसे अधिक क्षति तथाकथित विकास परियोजनाओं से हुई है। विगत कुछ दशकों में विकास की मनमानी और सतही व्याख्या की गई है। केवल उत्पादन और उपभोक्तावाद बढ़ाना विकास नहीं हो सकता। विकास का कोई अर्थ नहीं है, जब तक वह पर्यावरण उन्मुख और प्रकृति के अनुकूल न हो। मनुष्य को अंततः जीने के लिए वायु, जल, कृषि और वनों की ही आवश्यकता है। वास्तव में नदियों के सिकुड़ने और प्रदूषित होने के पीछे इन्हीं दिशाहीन विकास

परियोजनाओं का हाथ है। नदियों पर बांध और पनबिजली प्रोजेक्ट बनाया जाना, रिवरफ्रंट पर विकास करना, नदियों में कूड़ा फेंकना और जैव-विविधता को खत्म करना बड़े कारण हैं। इसके अलावा जलवायु परिवर्तन और नदियों की महत्ता को न समझना भी नदियों के अहित में काम करता है। असली विकास तब होगा, जब नदियों को उनका पुराना स्वरूप लौटाया जा सके।

हमें अपने परंपरागत जलस्त्रोतों को बचाना होगा। इनका संरक्षण किए बिना हम जल संकट की समस्या से निपट नहीं सकते। ग्रामीण क्षेत्रों में लोगों ने अपने परंपरागत जलस्त्रोतों को बचाने की दिशा में पर्याप्त जागरूकता नहीं दिखाई है। इससे हमारे परंपरागत पोखर, तालाब तथा कुएं तेजी से नष्ट होते जा रहे हैं। नासमझी और तात्कालिक जरूरतों को पूरा करने के लिए लोगों ने बिना विचारे गांव-पड़ोस के पुराने कुओं को मिट्टी से भर दिया है। कई लोगों ने इसका उपयोग शौचालय के टैंक के तौर पर कर लिया है। बेहतर हो कि उपयोग में न लिए जा रहे शेष कुओं को हम वर्षा जल संचयन के अनुपम ढांचों में तब्दील कर दें। पहाड़ की जवानी और किसानी को यदि उसकी जड़ों पर टिकना है, तो अन्य आधार के साथ-साथ चाल-खाल जैसी जल प्रणालियों के निर्माण का कौशल का दम भी दिखाना ही होगा। भारत में भूजल प्रदूषित तथा जलाभाव क्षेत्रों का रकबा जिस तेजी से बढ़ रहा है, हमें वर्षा जलोपयोग प्रणालियों की कुशलता हासिल करने की अपनी निजी व सामुदायिक क्षमता काफी तेजी से बढ़ानी होगी। आज नहीं तो कल, जल खपत में अनुशासन की तकनीक और आदतों को अपनाना ही होगा।

इतनी सारी कुशलताओं के व्यवहार में उतारने का सबसे बड़ा लाभ यह होगा कि सबसे अधिक जल खपत के सिंचाई, उद्योग व सार्वजनिक उपयोग क्षेत्र की जल जरूरत की काफी कुछ पूर्ति वर्षा जल से हो जाएगी। इससे जल निकासी स्वतः घट जाएगी। निकासी और संचयन का संतुलन सामने आते ही हम सुखाड़ के दुष्प्रभाव से काफी कुछ बचे रह सकेंगे। अतिरिक्त लाभ यह होगा कि तेजी से बहकर जाने वाले वर्षा जल की गति थमने से बेशकीमती मिट्टी का कटान धीमा पड़ जाएगा। ऐसे में तालाबों और नदियों में गाद के टीले कम, पानी ज्यादा दिखेगा। विनाश कम, लाभ ज्यादा होगा।

बारिश के पानी का सबसे अधिक उपयोग करने और सबसे ज्यादा फायदा पाने वाले क्षेत्र कृषि का है। अगर धान की खेती की मेड़ उठाकर उन्हें पुनर्भरण

जलकुंड बना दिया जाए, तो सिंचाई के लिए के लिए पानी बचेगा, इससे एक्वीफर्स रिचार्ज हो जाएंगे और खर-पतवार भी नष्ट होंगे। सभी ताल-तलैया, जोहड़, टंकियों और खादिन में से रेत-मिट्टी हटा देने से उनकी पानी एकत्र की क्षमता कई गुना बढ़ जाएगी। बांधों और बैराज को ठीक तरीके से संचालन करने से जल विभाग का काम आसान हो जाएगा। मानसून में यहां पर्याप्त पानी एकत्र हो जाएगा और ज्यादा होने पर उसे छोड़ा जा सकेगा। बदकिस्मती से भारत में प्रति व्यक्ति जल संरक्षण की संख्या अन्य देशों की तुलना में बेहद कम है। इसे बढ़ाए जाने की जरूरत है। बारिश के पानी को संरक्षित करने के लिए बड़ी नहरें और नालियां इस्तेमाल में लाई जा सकती हैं। जल का सबसे अच्छा भंडारण और संचयन तब होता है, जब उसे प्राकृतिक या कृत्रिम तरीके से धरती के गर्भ में डाल दिया जाता है।

मानसून की शुरुआत से पहले ही सभी लोगों और समुदायों को अपने पुनर्भरण स्त्रोतों को जांचकर उनकी मरम्मत करा लेनी चाहिए, जिससे बारिश के दिनों में अधिक से अधिक जल को धरती के गर्भ में पहुंचाया जा सके। पुनर्भरण संरचनाओं को तैयार करने के लिए खाली पड़े कुएं और ट्यूबवैल सबसे अच्छी संरचनाएं होती हैं। ठीक इसी तरह गांवों के तालाबों को भी आसानी से और कम खर्च में पुनर्भरण तालाबों में बदला जा सकता है। इंटरनेशनल वॉटर मैनेजमेंट इंस्टीट्यूट के अनुसार, उत्तर प्रदेश के रामगंगा क्षेत्र में एक सही प्रकार से डिजायन किया गया रिचार्ज तालाब बारिश के दिनों में रोजाना 5563 घनमीटर पानी का पुनर्भरण कर सकता है। ऐसे में यह अंदाजा लगाना मुश्किल नहीं है कि अगर गांवों के सभी तालाबों को आधुनिक पुनर्भरण संरचनाओं से लैस कर दिया जाएगा, तो इससे जल की आपूर्ति होगी और बाढ़ पर भी नियंत्रण रखा जा सकेगा।

शहरों और कस्बों में रहने वाले लोगों को ऐसे प्रयास करने चाहिए कि छत से बहने वाला सारा पानी कहीं एकत्र किया जा सके। स्कूल मॉल, रेलवे लाइन, सड़कों और जमीन की सतह से बहने वाले बारिश के पानी को सही माध्यम से जलीय स्त्रोतों तक लाना होगा। इसके लिए युवाओं को सबसे आगे आना चाहिए। जल बचाने, एकत्र करने और जलीय स्त्रोतों से प्रदूषण कम करने के लिए जल संरक्षण ही एकमात्र विकल्प है। संरक्षित पानी को विवेकपूर्ण रूप से बूंद-बूंद करके खेतों और शहरों की लीक-प्रूफ पेयजल प्रणाली में इस्तेमाल किया जाना चाहिए। इसके लिए देश के सेलेब्रिटी लोगों को आगे आना चाहिए।

हमारी सभ्यता सदैव से ही नदियों की जलधारा पर आश्रित और पोषित रही है। भारत की लगभग सभी नदियां आज विलुप्त होने की कगार पर हैं। यदि नदियां नहीं बचीं, तो सभ्यता भी नहीं बचेगी। विगत कुछ वर्षों से भारत की महान नदियों को बचाने के प्रति सरकार और समाज में गंभीरता बढ़ी है। इसके बावजूद जैसे प्रयास होने चाहिए, वैसे होते दिखाई नहीं पड़ रहे हैं। गंगा जैसी पावन नदियों को साफ करने की योजना केंद्र सरकार की प्राथमिकता वाली योजनाओं में से एक है, लेकिन वह अपेक्षित गति से आगे बढ़ती नहीं दिख रही। इस महत्वाकांक्षी योजना के सही तरह आगे न बढ़ पाने के चाहे जो कारण हों, भारत सरकार का यह आश्वासन कोई बहुत उम्मीद नहीं जगाता कि मार्च 2019 तक गंगा 70 से 80 प्रतिशत तक साफ हो जाएगी। वास्तव में इस योजना को कामयाब बनाने के लिए पहले दिन से ही पर्याप्त कोशिश नहीं की गई। अगर गंगा को साफ-सुथरा बनाने में कोई उल्लेखनीय कामयाबी मिल गई होती और जनता को दिख भी रही होती, तो न केवल अन्य नदियों को साफ करने के अभियानों को बल मिलता, बल्कि दूसरी योजनाओं को भी गति देने की प्रेरणा मिलती। चूंकि देश की सबसे महत्वपूर्ण नदी गंगा को ही साफ करने के मामले में कोई उदाहरण पेश नहीं किया जा सका, इसलिए इस पर हैरानी नहीं कि अन्य बड़ी नदियों का भविष्य भी नाउम्मीद करता है। आज देश की शायद ही कोई ऐसी नदी हो, जो गंदगी की चपेट में न हो। कुछ तो गंदे नाले में बदल गई है। इनमें दिल्ली से गुजरने वाली यमुना भी है।

आज यदि आम जनता के बीच यह धारणा गहरा रही है कि नमामि गंगे कार्यक्रम में कुछ नहीं हो रहा है, तो इसके लिए लोगों को दोष नहीं दिया जा सकता। यह दुर्भाग्यपूर्ण है कि राज्यों ने गंगा में गिरने वाले नालों का सही-सही आंकड़ा नहीं उपलब्ध कराया और केंद्र सरकार ने खुद गूगल की मदद से गंगा में गिरने वाले उन नालों की पहचान की, जो उसमें गंदगी उड़ेल रहे थे। यह आवश्यक है कि केंद्र सरकार के स्तर से राज्यों के उन विभागों को जवाबदेही के दायरे में लाए, जिनके सहयोग के बिना गंगा को साफ नहीं किया जा सकता। यह राज्यों के सुस्त तंत्र का ही परिणाम है कि गंगा सफाई के मद में आवंटित धनराशि को खर्च करना मुश्किल हो रहा है। इस मुश्किल को दूर करने के उपाय करने के साथ ही केंद्र सरकार को यह भी समझना होगा कि नकारा नौकरशाही को सुधारे बगैर बात बनने वाली नहीं है। केंद्र को राज्य पर दबाव बनाकर गंगा में गंदगी

उड़ेल रही औद्योगिक इकाइयों के खिलाफ सख्ती बरतने में संकोच नहीं करना चाहिए, क्योंकि तमाम औद्योगिक इकाइयां प्रदूषणरोधी मानकों का पालन न करने के बाद भी चल रही हैं।

यह ठीक है कि भारत में पर्यावरणीय संतुलन बिगड़ रहा है तथा परिस्थितियां प्रतिकूल होती जा रही हैं। देश प्रतिवर्ष प्राकृतिक आपदाओं का सामना करने के लिए अभिशप्त होता जा रहा है। हमें प्राकृतिक आपदाओं का मुकाबला करने की समझ विकसित करनी होगी। विश्व के अनेक देशों और क्षेत्रों में नियमित रूप से प्राकृतिक आपदाएं दस्तक देती रहती हैं, किंतु स्थानीय लोगों की सूझ-बूझ और परिपक्व आचरण के कारण इन आपदाओं को अवसरों में परिवर्तित कर दिया जाता है। हमें यह समझने की आवश्यकता है कि प्रकृति किसी का अहित नहीं चाहती। हमें उसके प्रत्येक कार्यकलाप को सकारात्मक और रचनात्मक दृष्टि से देखने की आवश्यकता है। प्रकृति का कोई भी कार्य अनावश्यक नहीं होता। फर्क केवल हमारे समझने भर का है। भारत में भी कई क्षेत्रों में स्थानीय जनता की सूझ-बूझ और समझ के कारण प्राकृतिक आपदाओं का बखूबी सामना किया जाता रहा है।

विगत कुछ वर्षों में भारत प्राकृतिक आपदाओं के संदर्भ में कई प्रेरक उदाहरण भी प्रकाश में आते रहे हैं। मध्य प्रदेश के छोटे से जिले देवास के गांवों में वर्ष भर सिंचाई की व्यवस्था बनाए रखने के लिए किसानों ने अपने खेतों में ही तालाब बनाए हैं। इन तालाबों में वर्षभर के लिए पर्याप्त वर्षा जल संरक्षित कर लिया जाता है। यह तालाब औसतन आठ फीट लंबे और 10 फीट गहरे होते हैं। यह तालाब लगभग एक हेक्टेयर जमीन घेरता है और इससे आठ से 10 हेक्टेयर जमीन को वर्षभर सींचा जा सकता है। इससे अनाज की पैदावार तीन गुना अधिक होती है।

इस मौलिक प्रयास के परिणाम बहुत अच्छे आए हैं। इससे प्रेरित होकर कृषि विभाग ने किसानों को आवश्यक प्रशिक्षण और तकनीकी सहायता भी उपलब्ध कराई है। इसके लिए खर्च किसानों ने स्वयं ही वहन किया है। इस अभियान को 'भागीरथी कृषक अभियान' और तालाब खोदने वाले किसान को 'भागीरथी कृषक' का नाम दिया गया। योजना के तहत तालाबों को 'रीवा सागर' नाम दिया गया। छोटे से छोटे तालाब की खुदाई की न्यूनतम लागत एक से डेढ़ लाख रुपए

आती है। अब सरकार ने इस योजना पर सब्सिडी भी शुरू कर दी है। इसके तहत न्यूनतम 12 फुट गहरे तालाब के लिए एक लाख रुपए तक की सब्सिडी दी जाती है।

उत्तर प्रदेश में बुंदेलखंड के महोबा जिले के किसानों ने इससे प्रेरणा लेते हुए अपने यहां इस प्रयास की शुरुआत कर दी है। वर्ष 2017 में सूखे से जूझते बुंदेलखंड के किसानों को इस कारण ही दो फसलें उगा पाने में सफलता प्राप्त हुई। वर्ष 2016 में मराठवाड़ा के सूखाग्रस्त लातूर क्षेत्र में भी किसानों ने यही प्रयोग किया। इन तालाबों के बनाए जाने के बाद संबंधित जिलों का कुल सिंचित क्षेत्र बढ़ गया है। इसका लाभ यह हुआ है कि किसान दो से अधिक फसलें बो सके और अधिक उत्पादन प्राप्त कर सके। इससे सिंचाई के लिए बोरवेल चलाने के लिए रातभर जागने और बिजली का इंतजार करने की मुसीबत भी समाप्त हो गई। इस प्रकार के परिस्थितिजन्य तथा पर्यावरण अनुकूल प्रयासों से हम बेहतर ढंग से प्राकृतिक आपदाओं का सामना कर सकते हैं और अपनी कृषि को बचा सकते हैं।

उत्तर प्रदेश सरकार तालाबों के संरक्षण के लिए संकल्पबद्ध दिखाई पड़ रही है। उत्तर प्रदेश एक विशाल राज्य है, जहां सिंचाई के बेहतर अवसरों को विकसित किया जाना आवश्यक है। यह कार्य तालाबों के बिना नहीं हो सकता। हमें अपने तालाबों को बचाने के लिए सघन प्रयास करने होंगे। अधिकृत राजस्व रिकॉर्ड के अनुसार मेरठ जिले में कुल 3276 तालाब थे। इनमें से 1232 अतिक्रमण के शिकार थे। वर्ष 2015 में जिला विकास अधिकारी ने सर्वे में पाया कि जिले के 12 ब्लॉकों में 1651 तालाब ही मौजूद हैं। तालाबों जैसे जलस्रोतों की बदहाली के चलते क्षेत्र में भूजल स्तर 68 सेमी प्रति साल की दर से गिर रहा है।

इसी तरह बुंदेलखंड में वर्ष 2014 में सूचना के अधिकार के तहत पूछे गए एक प्रश्न के जवाब में उत्तर प्रदेश सरकार ने माना है कि पिछले दशक में बुंदेलखंड से 4020 तालाब विलुप्त हो गए। इनमें से चित्रकूट में 151, बांदा में 869, हमीरपुर में 541 और झांसी में 2459 तालाब खत्म हुए। जालौन और ललितपुर में न तो कोई तालाब खत्म हुआ और न ही नए का सृजन किया गया। इसके अलावा एक साल पहले किए गए सर्वे में पाया गया कि 4424 तालाब और पोखर अतिक्रमण के शिकार हैं। पूरे उत्तर प्रदेश में तालाबों, पोखर, जलाशय और कुओं की संख्या करीब आठ लाख के आसपास है।

दिल्ली में भी तालाब बहुत तेजी से नष्ट होते जा रहे हैं। दिल्ली में सरकार की 'पार्क एंड गार्डन सोसायटी' के अनुसार, वर्तमान में यहां 629 तालाब हैं, लेकिन असल में अधिकांश खस्ताहाल हैं। इन पर अवैध कब्जे हैं। कुल 180 तालाबों का अतिक्रमण किया जा चुका है। इसके अलावा कितनी ही जगहों पर सीवेज और कूड़े के निपटान की सही व्यवस्था न होने का खामियाजा भी ये तालाब ही भुगत रहे हैं। इसी तरह मैसूर राज्य में अंग्रेजों के राजस्व रिकॉर्ड में 39 हजार तालाब होने की बात दर्ज है।

तालाबों के खात्मे के पीछे समाज और सरकार समान रूप से जिम्मेदार हैं। तालाब कहीं कब्जे से, कहीं गंदगी से, तो कहीं तकनीकी ज्ञान के अभाव में सूख रहे हैं। कुछ मामलों में इन्हें गैरजरूरी मानते हुए इनकी जमीन का दूसरे मदों में इस्तेमाल किया जा रहा है। तालाबों पर अवैध कब्जा करना इसलिए भी आसान हो जाता है, क्योंकि देश भर के तालाबों की जिम्मेदारी अलग-अलग प्रशासनिक विभागों के पास है। कोई एक स्वतंत्र प्रशासनिक विभाग अकेले इनके रख-रखाव, देखभाल के लिए जिम्मेदार नहीं है। राजस्व विभाग, वन विभाग, पंचायत, मछली पालन, सिंचाई, स्थानीय निकाय और पर्यटन जैसे विभागों के पास इन तालाबों का जिम्मा है। अतिक्रमण की स्थिति में सब एक-दूसरे पर जिम्मेदारी डाल जवाबदेही से बचने की कोशिश करते हैं। तालाबों को हड़पने में सरकारी नुमाइंदे और समाज की नुमाइंदगी कर रहे लोगों की मिलीभगत होती है।

भारतीय परंपरागत जीवन में पर्यावरण का गहन सहचर्य रहा है। हमारा संपूर्ण जीवन ही प्रकृति और पर्यावरण पर आधारित रहा है। भारत के त्योहार, लोकजीवन, दैनिक व्यवहार, कार्यकलाप, रहन-सहन तथा आचरण-विचार सभी कुछ प्रकृति आधारित रहे हैं। हमारा साहित्य और दर्शन प्रकृति की महिमा और विशालता का प्रकटीकरण करता रहा है। हमारी वैदिक मनीषा यही घोषणा करती है कि हवा के झोंकों से झूमते घने छायादार वृक्ष और उनसे गले मिलती लताएं प्रकृति का श्रृंगार ही नहीं, जीवन का कभी न खत्म होने वाला स्त्रोत भी हैं। मत्स्य पुराण में वनों की महत्ता के बारे में कहा गया है कि 10 कुएं खोदने का पुण्य एक तालाब बनवाने के बराबर, 10 तालाब के निर्माण का पुण्य एक झील बनवाने के बराबर और 10 झीलों के बनवाने का पुण्य एक गुणवान पुत्र के बराबर और 10 गुणवान पुत्रों का पुण्य एक वृक्ष लगाने के बराबर है। पेड़-पौधे प्रकृति के

वरदान हैं, जो हमें हरियाली और फल-फूल देने के साथ ही हमारे बेहतर स्वास्थ्य में भी सहयोग करते हैं। वृक्ष व वनस्पतियों के प्रति गहरी श्रद्धा व लगाव भारतीय संस्कृति की अति पुरातन व लोकहितकारी परंपरा है। विश्व के प्राचीनतम ग्रंथ ऋग्वेद में स्पष्ट उल्लेख है कि शास्त्र, पुराण, उपनिषद, रामायण आदि के प्रणेता ऋषियों ने अरण्यकों की छाया में अपने आश्रम बनार देवदुर्लभ अमूल्य ज्ञान को लिपिबद्ध किया था। वैदिक भारत में लोग वनदेवी की नियमित उपासना किया करते थे।

वटवृक्ष के अलावा हिंदू संस्कृति में तुलसी, पीपल, नीम, बेल, अशोक, आम, पलाश, शमी व केला आदि की भी बड़ी मान्यता है। श्रीमद्भागवत में भगवान श्रीकृष्ण कहते हैं, 'मैं वृक्षों में पीपल हूं।' गौरतलब है कि चौबीस घंटे प्राणवायु देने वाला पीपल ऐसा वृक्ष है, जिसमें कीड़े नहीं लगते। हिंदू धर्म में पीपल के पेड़ को काटना महापाप माना गया है। इसी तरह, 'जो शोक निवारे, सो अशोक।' इस वृक्ष की महत्ता बताने के लिए सिर्फ सीता माता का ही उदाहरण काफी है, जिन्होंने रावण की स्वर्ण नगरी में अशोक वाटिका को अपना आश्रय बनाया था। मान्यता है कि घर में अशोक वृक्ष लगाने से वास्तु दोष समाप्त हो जाता है।

नीम के पेड़ की उपयोगिता भी कुछ कम नहीं है। इसे मां दुर्गा का वृक्ष माना जाता है। इस वृक्ष के औषधीय गुणों से हम सब भलीभांति परिचित हैं। इसे नीमारी देवी के नाम से भी पुकारा जाता है तथा देवी मंदिर के पास इसका रोपण शुभ माना जाता है। यह जानकारी दिलचस्प है कि ग्राम्यांचलों में आज भी चेचक निकलने पर नीम की पत्तियों का उपयोग किया जाता है। बेल के पेड़ यानी बिल्व वृक्ष के तो क्या कहने। इसकी प्रशस्ति में तो बिल्वाष्टक स्रोत तक रचा जा चुका है। कहा जाता है कि बिल्वपत्र चढ़ाने से भगवान शिव बहुत प्रसन्न होते हैं। मांगलिक कार्यों व नवरात्र साधना में कलश स्थापना में आम पल्लवों का प्रयोग होता है। हवन में भी आम की लकड़ी प्रयुक्त होती है। ऐसे ही केले के फल व पत्तों का भी विशेष महत्व है। इसे भगवान विष्णु का पेड़ माना जाता है। हरिप्रिया तुलसीपत्र के बिना पंचामृत पूर्ण हो ही नहीं सकता। इसकी रोग निवारक व पर्यावरण शुद्धि क्षमता से भी हम सभी भलीभांति परिचित हैं। आयुर्वेदिक चिकित्सा प्रणाली तो वृक्ष वनस्पतियों पर ही आधारित है।

सार रूप में कहें, तो हमारे देश की समग्र सभ्यता, संस्कृति, धर्म एवं अध्यात्म-दर्शन का विकास वनों में ही हुआ है। हमारे समूचे पर्यावरण की सेहत इन मूक देवताओं की कृपा पर टिकी है। दुर्भाग्यवश आज परिस्थितियां सर्वथा विपरीत हैं। वनों के प्रति श्रद्धा चिह्न सांकेतिक मात्र रह गई है। हमने अपने क्षुद्र स्वार्थ के लिए जंगलों का विनाश किया। घोर स्वार्थ लिप्सा के कारण हम यह भूल गए हैं कि प्रकृति के ये जड़ देवता हम मनुष्यों पर कितना उपकार करते हैं। भूल सुधारें और वट पूजन के इस पर्व पर वृक्षों की महत्ता को पहचानकर अंतर्मन से उनको संरक्षित व संवर्द्धित करने का प्रण लें।

संपूर्ण भारत में पर्यावरण का अनादर किया गया है। इससे अनेक समस्याएं बढ़ रही हैं। जल संकट संपूर्ण भारत में गहराता जा रहा है। महानगरों में स्थिति सबसे अधिक जटिल बनी हुई है। समाज और सरकार की लापरवाही से जल संकट गंभीर रूप लेता जा रहा है। भारत की तीन-चौथाई से अधिक आबादी को आज दैनिक आवश्यकताओं की पूर्ति के लिए पानी तक उपलब्ध नहीं है। देश की राजधानी दिल्ली सहित संपूर्ण राष्ट्रीय राजधानी क्षेत्र जल संकट की विभिषिका का सामना कर रहा है। निश्चित रूप से दिल्ली-एनसीआर में लगातार गिर रहे भूजल स्तर के लिए सीधे तौर पर केंद्र और राज्य सरकारें जिम्मेदार हैं, क्योंकि न तो समय रहते केंद्र सरकार दिल्ली-एनसीआर के जल स्तर को सुधारने के लिए कोई ठोस कदम उठा पाई और न ही राज्य सरकारों ने जल संरक्षण के लिए कोई उपाय किए।

दिल्ली में 380 जल संरचनाएं अतिक्रमण का शिकार हो गईं। जब इन जल संरचनाओं पर अतिक्रमण होने का विरोध किया, तो तत्कालीन प्रदेश सरकार ने इन संरचनाओं की बाउंड्री करा दी थी। इसकी वजह से संरचनाओं में जल जाना बंद हो गया और इनका अंत हो गया। अब इन जल संरचनाओं पर कब्जे हो गए हैं। इसमें जगह के दाम बढ़ने की वजह से खुद सरकार ने जल संरचना की जमीन को किसी न किसी कार्य के लिए दे दिया। जो शेष बचा उस पर लोगों ने कब्जा कर लिया। इससे सहज ही पर्यावरण के प्रति हमारे सरोकारों और हमारी गंभीरता का पता चलता है। केवल सरकारी योजनाओं के बल पर हम जलसंकट का समाधान नहीं पा सकते। भारत की सबसे बड़ी समस्या प्रयासों के समन्वय की है। पर्यावरण का संरक्षण तभी संभव है, जब सभी एजेंसिया, सरकार और समाज

मिलकर एक दिशा में योजनाबद्ध ढंग से कार्य करें। जब तक ऐसा नहीं होगा, तब तक न तो हमारे जलस्रोत बचेंगे और न ही हमारी नदियां। नदियों के संरक्षण के लिए केंद्र और राज्य सरकारों को मिलकर गंभीर प्रयास करने होंगे।

यमुना में भी लगातार प्रदूषण बढ़ रहा है। इसकी एक प्रमुख वजह राजधानी का जलस्तर नीचे जाना है। इसलिए केंद्र और राज्य सरकार मिलकर यमुना को साफ करें और इसे अविरल एवं निर्मल बनाएं। अभी तक भ्रष्टाचार की वजह से यमुना की सफाई नहीं हो पाई है। समाज में जब-जब भ्रष्टाचार होता है, उससे सदाचारी कार्य प्रभावित होते हैं। ऐसा ही यमुना के साथ हुआ है। भारत की राजधानी दिल्ली में जल संरक्षण के लिए सरकार के साथ समाज की भी जिम्मेदारी है। वह भी जल के बचाने के बारे में विचार करें। जनता और सरकारों को भूमि से जल के लेन-देन में संतुलन बनाना होगा। अगर समाज यह कार्य नहीं करेगा, तो फिर इसके परिणाम भी तो समाज को ही भुगतने होंगे। हम प्रदूषित फैक्ट्रियों का जल जमीन के अंदर डाल रहे हैं। जिस पर रोक लगनी बहुत जरूरी है। दिल्ली के भूजल स्तर को सुधारने की समस्या तब तक खत्म नहीं होगी, जब तक कि दिल्ली समेत यमुना के दोनों तरफ का जुड़ा हुआ समाज स्वयं अपनी जिम्मेदारी समझकर यमुना की सफाई में नहीं जुटेगा। लोगों को यमुना के साथ अपने स्वास्थ्य के रिश्ते को भी समझना होगा।

हमें अपनी नदियों को गंदगी से बचाना होगा, इसके लिए ठोस कचरा प्रबंधन आवश्यक है। कूड़े के उचित निस्तारण के बिना स्वच्छ भारत का सपना मिथ्या सिद्ध होगा। सरकार ने इस दिशा में कुछ कदम आगे बढ़ाए हैं। कचरे और कूड़े से निपटने के लिए अप्रैल, 2016 में 16 साल बाद म्युनिसिपल सॉलिड वेस्ट (मैनेजमेंट एंड हैंडलिंग) रूल्स, 2000 की जगह इस कानून को लागू किया गया। नए नियमों के तहत कचरा प्रबंधन के दायरे को नगर निगमों से आगे भी बढ़ाया गया। ये नियम अब शहरी समूहों, जनगणना वाले कस्बों, अधिसूचित औद्योगिक टाउनशिप, भारतीय रेल के नियंत्रण वाले क्षेत्रों, हवाई अड्डों, एयरबेस, बंदरगाह, रक्षा प्रतिष्ठानों, विशेष आर्थिक क्षेत्र, केंद्र एवं राज्य सरकारों के संगठनों, तीर्थ स्थलों और धार्मिक एवं ऐतिहासिक महत्व के स्थानों पर भी लागू किए गए। इन नियमों के समग्र निगरानी के लिए पर्यावरण, वन एवं जलवायु परिवर्तन मंत्रालय के सचिव की अध्यक्षता में एक केंद्रीय निगरानी समिति भी गठित हुई।

इस अधिनियम के अंतर्गत यह व्यवस्था की गई है कि कोई भी खुद द्वारा उत्पन्न ठोस कचरे को अपने परिसर के बाहर सड़कों, खुले सार्वजनिक स्थलों पर, नाली में या जलीय क्षेत्रों में न तो फेंकेगा, या जलाएगा अथवा दबाएगा। ठोस कचरा उत्पन्न करने वालों को 'उपयोगकर्ता शुल्क' अदा करना होगा, जो कचरा बीनने वालों को मिलेगा। निर्माण और तोड़-फोड़ से उत्पन्न ठोस कचरे को निर्माण एवं विध्वंस अपशिष्ट प्रबंधन नियम, 2016 के अनुसार, संग्रहित करने के बाद अलग से निपटाना होगा।

हमें अपने जनमानस का ध्यान और रूचि स्वच्छता के प्रति आकृष्ट करनी होगी। विश्व स्वास्थ्य संगठन के अनुसार, जैसे माचिस की एक तीली संपूर्ण दुनिया को स्वाहा करने की ताकत रखती है, उसकी तरह बहुत सूक्ष्म मात्रा में गंदगी भी महामारी फैला सकती है। उदाहरण के लिए एक ग्राम मल में एक करोड़ विषाणु हो सकते हैं, 10 लाख जीवाणु हो सकते हैं, एक हजार परजीवी हो सकते हैं और 100 परजीवियों के अंडे हो सकते हैं। राष्ट्रपिता महात्मा गांधी ने आह्वान किया था कि हर आदमी को खुद का सफाईकर्मी होना चाहिए। किसी परिवार के सदस्य स्वयं के घर को तो साफ रखते हैं, लेकिन पड़ोसी के घर के बारे में उनकी कोई रूचि नहीं होती। आज स्वच्छता स्वतंत्रता से ज्यादा महत्वपूर्ण है। गांधी का यह व्यक्तव्य स्वच्छता के महत्व को रेखांकित करता है। स्वच्छता स्वयं में सबसे बड़ा संस्कार है। जिस देश, समाज, परिवार और वातावरण में स्वच्छता का बोध नहीं होता, वहां विकास और सुव्यवस्था की स्थापना कभी नहीं हो सकती। हमें स्वच्छता को अपने दैनिक जीवन का हिस्सा बनाना ही होगा।

गंदगी और प्रदूषण के कारण मानव सभ्यता का जो अहित हो रहा है, उसकी भरपाई कोई भी विकास गतिविधि नहीं कर सकती। ऐसा विकास हमारे किसी काम का नहीं है, जो हमारे वनों, वृक्षों, नदियों और प्राकृतिक संसाधनों को ही नष्ट कर दे। नदियों और जलस्रोतों के नष्ट होने से आज संपूर्ण विश्व पानी को लेकर विकराल संकटों का सामना कर रहा है। भारत भी इससे अछूता नहीं है। हालात यहां तक पहुंच गए हैं कि संयुक्त राष्ट्र को 1993 में 22 मार्च को विश्व जल दिवस घोषित करना पड़ा। इसका प्रयोजन संयुक्त राष्ट्र के तत्वावधान में सभी सरकारों और अन्य संबंधित पक्षों के साथ मिलकर जल संकट समाधान के लिए काम करने से है। इसी अंतर्राष्ट्रीय संस्था द्वारा सहस्राब्दी विकास लक्ष्य यानी

एमडीजी के बाद सितंबर, 2015 में जिस सतत विकास लक्ष्य यानी एसडीजी को चुना गया, उसमें भी मानव अस्तित्व के लिए बेहद जरूरी जल को लेकर विशेष ध्यान दिए जाने पर जोर दिया गया है। इन चुनौतियों का तोड़ निकालने के बीच अब विभिन्न मंचों पर जलवायु परिवर्तन की चिंता पर चर्चा भी आम हो गई है।

जल जैसे बहुमूल्य प्राकृतिक संसाधन बेहद सीमित हैं। अंधाधुंध दोहन से वे तेजी से सिकुड़ते जा रहे हैं। संयुक्त राष्ट्र के खाद्य एवं कृषि संगठन यानी एफएओ के अनुसार, पेयजल के लिए भले ही रोजाना प्रति व्यक्ति 2 से 4 लीटर पानी की जरूरत पड़ती हो, लेकिन किसी व्यक्ति के लिए दिन का भोजन तैयार करने में तीन से पांच हजार लीटर पानी की जरूरत पड़ती है। उसका अनुमान है कि वर्ष 2050 तक वैश्विक जल संपदा पर 2.7 अरब की अतिरिक्त आबादी के भरण-पोषण का बोझ भी पड़ने वाला है। भारत में भी प्रति व्यक्ति जल उपलब्धता 2010 में 1608 घन मीटर के मुकाबले 2050 तक घटकर 1139 घन मीटर रह जाएगी। चूंकि विकास के मोर्चे पर भारत तेजी से छलांग लगा रहा है, जिससे पानी की जरूरत भी बढ़ेगी। ऐसे में यहां जल का समुचित प्रबंधन उतना ही अधिक महत्वपूर्ण होगा।

वर्तमान में देश की आधी से अधिक कामकाजी आबादी खेती से जुड़ी है, जिसमें सिंचाई की अहम भूमिका है। भारत में जल संसाधनों का 85 प्रतिशत सिंचाई में उपयोग होता है। मानसून की बिगड़ी चाल और वर्षा के असमान वितरण से जहां बुंदलेखंड, विदर्भ, राजस्थान, गुजरात, मध्य प्रदेश, आंध्र प्रदेश और तेलंगाना के कुछ इलाके सूखे की मार झेल रहे हैं, तो असम, बिहार, छत्तीसगढ़ जैसे देश के कई इलाके बाढ़ की विभीषिका से परेशान हैं। यह असंतुलन न केवल कृषि, बल्कि ग्रामीण विकास, पर्यावरण, विनिर्माण और कारोबारी सेवाओं को भी प्रभावित कर रहा है, जिसका खामियाजा अर्थव्यवस्था को उठाना पड़ रहा है।

देश के 400 से ज्यादा जिलों में भूजल स्तर पिछले कुछ वर्षों में लगातार जहरीला होता गया है और इन इलाकों में फ्लोराइड, आर्सेनिक, नाइट्रेट, आयरन, सीसा, सोडियम, क्रोमियम जैसे जीवन के लिए घातक रसायन पाए गए हैं। सबसे गंभीर बात यह है कि ज्यादातर प्रभावित इलाकों के लिए यह सच नया नहीं है और यह भी कि इन इलाकों में पीने के साफ पानी का दूसरा कोई विकल्प नहीं है। यहां के लोग, खासकर बच्चे गंभीर बीमारियों के शिकार हो रहे हैं, जबकि हमारी

सरकारें लगातार इन बीमारियों पर अरबों खर्च करने का दावा करती आ रही हैं। यहां यह बताने की जरूरत नहीं कि पानी में आर्सेनिक की अधिकता और लंबे समय तक ऐसे पानी का सेवन त्वचा कैंसर देने के साथ ही फेफड़े और किडनी भी खराब कर देता है। पानी में फ्लोराइड की अधिकता दांतों ही नहीं, शरीर की हड्डियों को भी गला देती है, लेकिन हम आज भी इसी सुनी हुई कहानी के साथ जीने को विवश हैं। कई इलाकों में तो कई-कई पीढ़ियों ने इसके दुष्प्रभाव झेले हैं।

आज विश्व के लगभग 25 देशों की 20 करोड़ से अधिक आबादी फ्लोराइड से होने वाले असर फ्लोरोसिस से पीड़ित है। भारत व चीन इसके सबसे बड़े शिकार हैं। भारत में राजस्थान, तेलंगाना, कर्नाटक, आंध्र, केरल, महाराष्ट्र, बिहार, उत्तर प्रदेश, मध्य प्रदेश और गुजरात इससे सर्वाधिक प्रभावित हैं। ये राज्य फ्लोराइड के साथ ही नाइट्रेट और आर्सेनिक की अधिकता का भी रोना रो रहे हैं। गांवों की तो बात छोड़िए, शहरी क्षेत्रों का भी बुरा हाल है। पेयजल की शुद्धता का आलम यह कि वाटर प्यूरीफायर का धंधा चलाने वाली कंपनियों ने कई इलाकों में अपनी सेवाएं देने से इनकार कर दिया या अपनी सेवा की दर बढ़ा दी है। कानपुर-उन्नाव के बड़े इलाके में आर्सेनिक के कारण विकलांगता और गोरखपुर में जल जनित बीमारी से बच्चों की मौत न खत्म होने वाला सिलसिला बन चुकी है। इन इलाकों में सरकारी मानक वाले हैंडपंप भी कई बार फेल साबित हुए।

जल संरक्षण के संदर्भ में समाज और सरकार के मध्य जिस एकीकृत तरीके से काम होना चाहिए था, वह अभी तक नहीं हो सका है। हमने अनेक वैज्ञानिक उपलब्धियां हासिल की हैं, किंतु मूलभूत सुविधाओं के मामले में आज भी निचले पायदान पर खड़े हैं। वर्ष 1987 में पहली बार राष्ट्रीय जल नीति बनने और वर्ष 2002 में इसका नया खाका तैयार होने के बाद से अब तक लगातार बहस जारी है, लेकिन सच यही है कि हम न तो गांवों और न ही शहरों में साफ पानी की उपलब्धता सुनिश्चित कर पाए। शिक्षा के मूल अधिकार और स्कूल चलो का नारा तो दे दिया, पर सरकारी स्कूलों में भी न स्वच्छ पेयजल दे पाए, न साफ शौचालय। सरकारी अस्पतालों का हाल तो और बुरा है, जबकि हमारी जल नीति की प्राथमिकता सूची में इसे सबसे ऊपर होना चाहिए था। आज गंगा निर्मलीकरण और स्वच्छ भारत मिशन के अंतर्गत खुले में शौच को खत्म करने के लिए हम बस अभियान चला रहे हैं।

भारत की तुलना में कई देश जल संरक्षण की दिशा में बहुत जागरूक हैं। विकसित देश तो पहले से ही सतर्क हैं। हमारे पड़ोसी देश चीन में भी जल संरक्षण के संदर्भ में काफी काम हो रहा है। उसे भलीभांति यह मालूम है कि जल संरक्षण के बिना समस्त विकास प्रक्रिया और आर्थिक उपलब्धियां बेमानी हो जाएंगी। बांध निर्माण पर ध्यान केंद्रित करने और अपनी आंतरिक नदियों के पानी की दिशा मोड़ने के साथ ही चीन का जोर अपने संसाधन संपन्न क्षेत्रों, खासतौर पर तिब्बत के पठारी हिस्सों पर है। उसने इसकी शुरुआत 10 बड़ी एशियाई नदियों के साथ कर दी है। चीन की तरफ से एशिया में नदियों पर नियंत्रण स्थापित करने की यह नीयत उन देशों क लिए चिंताजनक है, जो भौगोलिक तौर पर निचले हिस्से में स्थित हैं। डाउनस्ट्रीम यानी नदी बहाव के नीचे स्थित देश, जिसमें 18 पड़ोसी देश शामिल हैं, उनकी वजह से चीन ने नदियों पर एक तरह का प्रभुत्व हासिल कर लिया है। इस बीच चीन के करीबी पाकिस्तान ने भी सिंधु जल संधि के तहत अंतर्राष्ट्रीय मध्यस्थ न्यायाधिकरण से भारत के खिलाफ कार्यवाही शुरू करने की मांग की है। यह पाकिस्तान के 'जल युद्ध' का एक हिस्सा है। पाकिस्तान कश्मीर मुद्दे की तरह ही इस संधि का इस्तेमाल भारत के साथ संघर्ष और तनावों को बरकरार रखने में कर रहा है।

आने वाले वर्षों में पानी की कमी एशिया के लिए सबसे बड़ा संकट बन सकता है। इन सबके मद्देनजर भारत को जल को एक रणनीतिक मसले की तरह देखना चाहिए। यदि जल संसाधनों के प्रबंधन को लेकर मौजूदा रुख इसी तरह कायम रहा, तो पानी की कमी के चलते भारत का आर्थिक व सामाजिक विकास प्रभावित होगा। पानी की सुरक्षा को लेकर भारत को एक राष्ट्रीय कार्ययोजना तैयार करनी चाहिए। यह चौंकाने वाली बात है कि पानी के मुद्दे को सुलझाने की जिम्मेदारी किसी एक हाथ में नहीं है, बल्कि यह विभिन्न 12 विभागों एवं मंत्रालयों के बीच बंटी हुई है। एक एकीकृत नीति निर्माण को बढ़ावा देने और एक राष्ट्रीय जल संसाधन प्रबंधन को लेकर स्पष्ट जिम्मेदारी और जवाबदेही तय करने के लिए भारत को पानी पर अपने मौजूदा अस्त-व्यस्त दृष्टिकोण को खत्म करने की जरूरत है।

आज भारत में बहुत बड़ी संख्या में लोग प्रदूषित पानी पीने के लिए अभिशप्त हैं। देश के करीब 10 करोड़ लोगों को अत्यधिक फ्लोराइड से दूषित पानी मिल

रहा है। इस समस्या से निपटने के लिए केंद्र सरकार ने 800 करोड़ रुपए जारी किए हैं। पेयजल एवं सफाई मंत्रालय के अधिकृत आंकड़ों के अनुसार, विभिन्न राज्यों और केंद्र की 12,577 बस्तियों में रहने वाले करीब 10.06 करोड़ लोग इससे प्रभावित हैं। इससे निपटने के लिए नीति आयोग की सिफारिश पर सरकार ने मार्च 2016 में 800 करोड़ रुपए जारी किए थे। इससे 12,014 फ्लोराइड और 1,327 आर्सेनिक प्रभावित बस्तियों में जल शुद्धिकरण संयंत्र लगाया जाने का प्रस्ताव है।

भारत को ऐसी तकनीक विकसित करने पर ध्यान केंद्रित करना होगा, जिससे हम अधिकाधिक जल संरक्षण कर सकें और पानी के न्यूनतम प्रयोग से अधिकतम परिणाम प्राप्त कर सकें। कई देशों में कृषि कार्यों तथा दैनिक उपयोग की आवश्यकताओं के लिए ऐसी विधियों, प्रणालियों और तकनीक का प्रयोग किया जा रहा है, जिसमें पानी का अपव्यय न्यूनतम होता है। हमें विश्व के अनेक देशों से ऐसी तकनीक और प्रणाली सीखनी होगी। इस संदर्भ में प्रयास किया भी जा रहा है। इंडो-इजरायली एग्रीकल्चरल को-ऑपरेशन प्रोजेक्ट के तहत इजरायल की अंतर्राष्ट्रीय विकास सहभागिता एजेंसी माशव और भारत के राष्ट्रीय बागवानी मिशन के बीच करार हुआ है। इस सहयोग के चलते भारतीय किसान 65 प्रतिशत कम पानी के इस्तेमाल में 10 गुना अधिक पैदावार करने में सक्षम हुए हैं। इस प्रोजेक्ट को बड़े स्तर पर अपनाकर एक बड़े भूजल को बचाया जा सकता है।

खारे पानी को पेयजल में बदलने के मामले में इजरायल विश्व का अग्रणी देश है। ऐसे प्लांट भारत में पहले से हैं, लेकिन इजरायली तकनीक कहीं ज्यादा उन्नत है। इजरायल ने ऐसा संयंत्र तैयार किया है, जो गंदे खारे पानी को पेयजल में बदल सकता है। इस संयंत्र से लैस गाड़ियां भारत के ग्रामीण इलाकों में बेहद कम दाम पर पानी मुहैया करा सकती हैं। इजरायल ने हवा से पानी बनाने की तकनीक पर भी विशेषज्ञता हासिल कर ली है। सौर ऊर्जा का प्रयोग करके यहां हवा की नमी से पीने का पानी बनाया जाता है।

औद्योगिकीकरण, शहरीकरण और जलवायु परिवर्तन के चलते भारत में गंभीर जल संकट खड़ा हो गया है। बढ़ती आबादी इसे और बद से बदतर कर रही है। ऐसा कोई शहर नहीं है, जहां सातों दिन चौबीस घंटे गुणवत्ता वाले पानी

की आपूर्ति होती हो। पानी संकट पूरे साल की समस्या बनता जा रहा है। हमें इस हालात से उबारने में भारत का मित्र देश इजरायल मदद कर सकता है। एक दशक पहले भारत जैसी ही स्थिति इजरायल की भी थी, लेकिन जल प्रबंधन की प्रभावी तकनीक को अपनाकर उसने खुद को इस संकट से उबार लिया।

भारत में बहुत अधिक मात्रा में जल संसाधनों का प्रयोग किया जाता है। भारत में जल संसाधनों का दुरुपयोग भी बहुत अधिक दिखाई पड़ता है। चीन और अमेरिका द्वारा संयुक्त रूप से इस्तेमाल होने वाले भूजल से अधिक भूजल भारत में इस्तेमाल होता है। देश के कुल भूजल ब्लॉकों में से 29 प्रतिशत संकटग्रस्त है। कृषि प्रधान देश होने के नाते यहां सिंचाई में भूजल का प्रयोग होता है। वर्ष 2009 में नासा ने रिपोर्ट जारी कर बताया था कि हरियाणा, पंजाब और राजस्थान में फैली सिंधु नदी घाटी जरूरत से अधिक जलदोहन किए जाने के मामले में विश्व में दूसरे स्थान पर है। आशंका है कि वर्ष 2030 में तकरीबन 60 प्रतिशत जलदायी स्त्रोत बेहद गंभीर स्थिति में होंगे।

एक दशक पहले इजरायल ने भी ऐसे ही हालात देखे थे। लगभग 10 वर्ष पहले तक इजरायल में पानी का घोर संकट बना रहता था। ऐसे में इस देश ने दोहरी रणनीति अपनाई। पहले तो पानी की बर्बादी को रोका और फिर पानी सप्लाई के स्त्रोतों में इजाफा किया। ऐसे करके अब इजरायल भरपूर जल संसाधन वाला देश बन पाया। अब चीन, जापान और कनाडा जैसे देश इजरायल से उसकी तकनीक मांग रहे हैं। भारत को भी इजरायल से सीखने की आवश्यकता है। जल एक बहुमूल्य संपदा है। हमें इसकी एक-एक बूंद का सम्मान और सदुपयोग करना चाहिए। भारत एक विशाल आबादी वाला देश है। ऐसे में जल संसाधनों की मांग के संदर्भ में हमारी आवश्यकताएं भी विश्व के अधिकांश देशों से अलग और व्यापक है।

देश में 1947 में पानी की प्रति व्यक्ति उपलब्धता 6,042 क्यूबिक मीटर थी, जो 2011 में सिर्फ 1,545 क्यूबिक मीटर रह गई। एशियन डेवलपमेंट बैंक के अनुसार, 2030 तक भारत में 50 प्रतिशत पानी की किल्लत होगी। केंद्रीय जल संसाधन मंत्रालय के अनुसार, वर्ष 2025 तक भारत को 1200 अरब घनमीटर, 2050 तक 1447 अरब घन मीटर की जरूरत होगी। अभी सालाना देश की जरूरत 1100 अरब घनमीटर पानी की है। आज भी 7.6 करोड़ भारतीय आबादी

साफ पानी से वंचित है, जबकि 33 करोड़ लोग लगातार जल संकट से जूझ रहे हैं। करीब 20 हजार गांव आज भी नियमित पानी की आपूर्ति से वंचित बने हुए हैं। वर्ष 2016 में देश के 13 राज्यों के लगभग 300 जिले सूखाग्रस्त घोषित किए गए थे। यह स्थिति भविष्य के खतरे को स्पष्ट रूप से बयान करती है।

हमें अपने परंपरागत स्रातों को बचाना होगा। पानी के इन परंपरागत स्रातों को बचाकर हम अपनी आवश्यकताओं की काफी हद तक पूर्ति कर सकते हैं। प्राचीन भारतीय जीवन में पर्यावरण संरक्षण तथा जलस्रोतों की रक्षा के इन तरीकों का हम प्रयोग कर अपने जीवन को संतुलित और पर्यावरण अनुकूल बनाए रखते थे। मानसून के दौरान चार महीने होने वाली बारिश का पानी ताल-तलैयों जैसे जलस्रोतों में जमा होता है। इससे भूजल स्तर दुरुस्त रहता है। जमीन की नमी बरकरार रहती है। धरती के बढ़ते तापमान पर नियंत्रण रहता है। तालाब स्थानीय समाज का सामाजिक, सांस्कृतिक केंद्र होते हैं। सांगठनिक शक्ति और एकजुटता से हम अपने परंपरागत जलस्रोतों को पुनः संरक्षित कर पर्यावरण को समृद्ध बना सकते हैं। इससे व्यापक आर्थिक लाभ ही होंगे। लोगों के रोजगार के भी ये बड़े स्रोत हो सकते हैं। वर्ष 1947 में देश में कुल 24 लाख तालाब थे। तब देश की आबादी आज की आबादी की चौथाई थी।

वैसे तो देश में तालाब जैसे प्राकृतिक जल स्रोतों का कोई समग्र आंकड़ा मौजूद नहीं है, लेकिन 2000-01 की गिनती के अनुसार, देश में तालाबों, बावड़ियों और पोखरों की संख्या 5.5 लाख थी। हालांकि इसमें से 15 प्रतिशत बेकार पड़े थे, लेकिन 4 लाख 70 हजार जलाशयों का इस्तेमाल किसी न किसी रूप में हो रहा था। वर्ष 1944 में गठित अकाल जांच आयोग ने अपनी सिफारिश में कहा था कि आने वाले वर्षों में पेयजल की बड़ी समस्या खड़ी हो सकती है। इस संकट से जूझने के लिए तालाब ही कारगर होंगे। जहां इनकी बेकद्री ज्यादा होगी, वहां जल समस्या हाहाकारी रूप ले लेगी। आज बुंदेलखंड, तेलंगाना और कालाहाड़ी जैसे क्षेत्र पानी संकट के पर्याय के रूप में जाने जाते हैं। कुछ दशक पहले अपने प्रचुर और लबालब तालाबों के रूप में इनकी पहचान थी।

तालाबों के खात्मे के लिए समाज और व्यवस्था तंत्र दोनों ही समान रूप से जिम्मेदार हैं। कुछ मामलों में इन्हें गैर जरूरी मानते हुए इनकी जमीन का दूसरे मदों में इस्तेमाल किया जा रहा है। वर्तमान समय में तालाबों पर अवैध

कब्जा इसलिए भी आसान है, क्योंकि देश भर के तालाबों की जिम्मेदारी अलग-अलग महकमों के पास है। कोई एक स्वतंत्र महकमा अकेले इनके रखरखाव-देखभाल के लिए जिम्मेदार नहीं है। भारत जहां सूखे की मार को झेल रहा है, वहीं ग्लोबल वार्मिंग के कारण वैश्विक स्तर पर निरंतर समुद्र का जलस्तर परिवर्तित हो रहा है।

बर्फ पिघलने के कारण जलस्तर में बढ़ोतरी हो रही है। वैज्ञानिक आकलन कर रहे हैं कि 2100 तक समुद्र जलस्तर अनुमान से दोगुना बढ़ सकता है। इस दौरान जलस्तर 30 सेमी के अनुमान की बजाय 65 सेमी तक बढ़ सकता है। यह भी आशंका है कि जलस्तर में 2100 तक 10 मिमी/वर्ष की दर से वृद्धि हो सकती है। इससे कई तटीय क्षेत्रों के डूबने या बाढ़ की आशंका भी बढ़ जाएगी। शोधकर्ताओं के अनुसार, समुद्र का जलस्तर प्रतिवर्ष 0.08 मिमी की दर से बढ़ रहा है। ऐसी स्थिति के अनुसार, समुद्र जलस्तर 2100 तक प्रतिवर्ष 10 मिमी या इससे अधिक मात्रा के हिसाब से बढ़ सकता है। इसमें अल नीनो द्वारा समुद्री जल का तापमान बढ़ने और हवाओं के बदले रुख को भी जिम्मेदार बताया जा रहा है।

उपग्रहों की मदद से इस संदर्भ में शोध किए जा रहे हैं। शोधकर्ताओं ने 1993 से अब तक के समुद्र के जलस्तर के आंकड़ों का अध्ययन किया है। इसके लिए उन्होंने अमेरिकी, यूरोपीय टोपेक्स, पोसीडन उपग्रह और अमेरिकी उपग्रहों जेसन-1, जेसन-2 व जेसन-3 की मदद ली। साथ ही अल नीनो के दक्षिणी बदलावों को मापने के लिए ज्वालामुखी के प्रभावों और अन्य प्रभावों का अध्ययन जलवायु संबंधी मॉडलों पर किया। इससे समुद्र जलस्तर में होने वाले पिछले 25 साल के बदलावों की जानकारी मिली। ग्रीनहाउस गैसों के उत्सजर्न की बढ़ती मात्रा के कारण धरती पर हवा और पानी का तापमान बढ़ रहा है। इस कारण समुद्री जलस्तर दो तरह से बढ़ रहा है। पहला, इससे गर्म समुद्री जल तेजी से फैल रहा है। पिछले 25 साल में समुद्री जलस्तर 7 सेमी बढ़ा। इसमें इस कारक की हिस्सेदारी करीब आधी है। दूसरा, जमीनी बर्फ के तेजी से पिघलने से समुद्री जलस्तर में लगातार बढ़ोतरी हो रही है।

समुद्री जलस्तर तेजी से बढ़ने के पीछे सबसे बड़ी वजह ग्रीनलैंड व अंटार्कटिका की बर्फ का तेजी से पिघलना है। अगर यह प्रक्रिया ऐसे ही जारी

रही, तो 2100 तक समुद्री जलस्तर दोगुना से भी अधिक करीब 65 सेमी बढ़ जाएगा। इन दोनों ही इलाकों में बर्फ के पिघलने की गणना खासतौर पर अमेरिका के ग्रेस उपग्रह से की गई। समुद्री जलस्तर बढ़ने से अनेक गंभीर समस्याएं सामने आएंगी। इससे मानव सभ्यता के अस्तित्व पर खतरा बढ़ जाएगा। कई तटीय क्षेत्र और महत्वपूर्ण शहर डूब जाएंगे। अगर 2100 तक समुद्री जलस्तर में 65 सेमी की वृद्धि हुई, तो शंघाई, मियामी, वाशिंगटन, मुंबई जैसे प्रमुख शहरों में बाढ़ की समस्या होगी। साथ ही तटीय क्षेत्रों में बसे बांग्लादेश, श्रीलंका जैसे देश भी बाढ़ के शिकार होंगे। इनका बड़ा हिस्सा पानी में डूब जाएगा। कुल मिलाकर मानव सभ्यता के समक्ष भयानक संकट उत्पन्न हो गया है। अगले एक दशक में स्थितियां और अधिक घातक स्वरूप ले लेंगी। समृद्ध देश अपनी शक्ति के बल पर कुछ ही अतिरिक्त समय का लाभ उठा सकते हैं। देर-सबेर उनको भी प्रकृति के कहर का सामना करना पड़ेगा। प्रकृति स्वार्थ और चालबाजियों को नहीं मानती। संपूर्ण विश्व जगत को संगठित और एकमत होकर प्रकृति की आराधना करनी होगी और अपने आचरण में क्रांतिकारी परिवर्तन लाने होंगे, अन्यथा मानव सभ्यता की हम आखिरी पीढ़ी साबित हो सकते हैं।

6

क्या हम आखिरी पीढ़ी हैं...

मानव सभ्यता के समक्ष आज सबसे बड़ा प्रश्न पर्यावरणीय संतुलन का हनन है। पर्यावरण असंतुलन अब विस्फोटक स्थिति में आ चुका है और इसके दुष्परिणाम भोगने के लिए मानव जाति बाध्य है। पिछले दो दशकों में निरंतर ग्लोबल वार्मिंग के कारण समुद्र का आकार बढ़ता जा रहा है। पिछले तीन दशकों में ग्लोबल वार्मिंग काफी रफ्तार से बढ़ी है। कार्बन और सल्फर डाइऑक्साइड जैसी ग्रीन हाउस गैसों के उत्सर्जन में वृद्धि हुई है। इसके नतीजे अब सामने आने लगे हैं। विश्व के विभिन्न देश बाढ़ और सूखे जैसी अति मौसमी दशाओं की चपेट में हैं। इंटरनेशनल यूनियन फॉर कंजर्वेशन फॉर नेचर की अद्यतन रिपोर्ट के अनुसार, 20वीं सदी से लेकर अब तक ग्रीन हाउस गैसों का जितना भी उत्सर्जन हुआ है, उसकी 90 प्रतिशत गर्मी समुद्रों में समा गई है। इसके परिणामस्वरूप समुद्र का आकार बढ़ रहा है। इससे भविष्य में आपदाओं का खतरा बढ़ेगा और कई क्षेत्र जलमग्न हो जाएंगे।

वर्ष 1971-2010 के बीच समुद्र ने धरती की सबसे अधिक गर्मी सोखी है। करीब 1500 वॉट के 140 अरब हेयर ड्रायर बराबर ऊर्जा इनमें हर साल समाई है। यह स्थिति खतरे की घंटी है। ग्लोबल वार्मिंग से इस सदी के अंत तक 7 से 23 इंच तक समुद्र का जलस्तर बढ़ जाएगा। तूफान और चक्रवात और भी अधिक शक्तिशाली होंगे। इससे व्यापक स्तर पर तबाही और बर्बादी होगी। अल-नीनो और ला-नीना का प्रभाव भी बहुत बढ़ जाएगा। अल-नीनो के प्रभाव से जहां सूखे की स्थिति उत्पन्न होगी, वहीं ला-नीना के कारण आने वाली बाढ़ व्यापक रूप से तबाही मचाएगी। ग्लेशियर और तेज रफ्तार से पिघलेंगे तथा पीने योग्य जल तथा मीठे पानी की भारी कमी हो जाएगी। पर्यावरण में होने वाले व्यापक बदलावों के कारण हजारों जीव प्रजातियां तथा वनस्पतियां नष्ट हो जाएंगी। इससे

समुद्री क्षेत्र में विस्तार होगा और इसमें कई तटवर्ती क्षेत्र समा जाएंगे। पिछले दो दशकों के दौरान अधिकांश बड़ी प्राकृतिक आपदाएं बाढ़, तूफान, लू और अन्य मौसम संबंधी घटनाक्रमों के चलते आईं हैं। इस दौरान कुल 6457 मौसम संबंधी आपदाएं आईं और इनमें 6.06 लाख लोग मारे गए। इससे औसतन हर साल 30 हजार लोगों की जान गई है।

ग्लोबल वार्मिंग के चलते धरती पर प्राकृतिक आपदाओं का खतरा बढ़ता जा रहा है। एक तरफ कई इलाके सूखे तो कई जगह लगातार बाढ़ की स्थिति इंसानों की दुश्मन बनती है। वैज्ञानिकों की मानें, तो इन आपदाओं में एक नया इजाफा होने वाला है। एक नए शोध के मुताबिक, ग्लोबल वार्मिंग से आसमान में विशालकाय नदियां पैदा हो गई हैं। ये धरती की नदियों के मुकाबले कई गुना ज्यादा भीषण बाढ़ ला सकती हैं। यूनिवर्सिटी ऑफ कैलीफोर्निया और सैनफ्रांसिस्को के नेशनल डस्टुआरिन रिसर्च रिजर्व के शोधकर्ताओं ने इस संबंध में एक रिपोर्ट जारी की है। इसके अनुसार, इन नदियों का पानी नीचे आने पर भीषण बाढ़ लाएगा, जिसमें जीव-जंतुओं की कई प्रजातियों को नष्ट होने का खतरा है।

कई अजीबोगरीब पारिस्थितिकीय समस्याएं उत्पन्न हो रही हैं। ग्लोबल वार्मिंग के चलते भारी मात्रा में गर्म हवा आसमान की तरफ उठती हैं और ऊपर जाकर नमी में तब्दील हो जाती हैं। यह नमी परत के रूप में वातावरण के निचले स्तर में फैली हुई है। इसी को आसमानी नदी कहते हैं। यह वातावरण में एक स्थान से दूसरे स्थान पर घूमती रहती है। 1990 में मैसाच्युसेट्स इंस्टीट्यूट ऑफ टेक्नोलॉजी के शोधकर्ताओं ने पहली बार नाम दिया। मार्च 2011 में हुई भीषण बारिश से सैनफ्रांसिस्को की खाड़ी में मीठा पानी ज्यादा हो गया। इससे खाड़ी का खारापन कम हो गया। वहां पर तीन लाख ऑयस्टर (सीप में रहने वाला जीव) खत्म हो गए। इस आपदा से वहां की अन्य प्रजातियों पर प्रतिकूल असर पड़ा।

कैलीफोर्निया की रशियन नदी में 1996 से 2015 के बीच आईं सात बाढ़ें इन्हीं आसमानी नदियों के कारण आई। 19 नवंबर 2009 में उत्तरी पूर्व ब्रिटेन में भयंकर बारिश हुई। लंदन में बहने वाली टेम्स नदी के पानी से 4500 गुना ज्यादा पानी इस आसमानी नदी में था। स्विट्जरलैंड की रीइंश्योरेंस कंपनी स्विस रे ने इस संबंध में 2016 के आंकड़े जारी किए हैं। इसके अनुसार, अक्टूबर में आया तूफान मैथ्यू सबसे भयावह रहा। इसने 733 जानें लीं और 8 अरब डॉलर

का नुकसान किया। जापान में आए कुमामोटो भूकंप के चलते 137 मौतें हुईं। इसमें 20 अरब डॉलर की क्षति हुई, जो इस साल प्राकृतिक आपदाओं से होने वाली सबसे बड़ी क्षति साबित हुई है। प्राकृतिक आपदाओं से कुल मिलाकर 10 हजार से अधिक मौतें हुई हैं तथा लगभग 160 अरब डॉलर का आर्थिक नुकसान हुआ है।

जलवायु परिवर्तन के कारण पानी विषाक्त हो रहा है। पानी का संकट वैसे ही बना हुआ है। ऐसे में पेयजल की भयंकर कमी का सामना भविष्य में करना पड़ेगा। जलवायु परिवर्तन के एक और खतरनाक पक्ष का पता चला है। जलवायु परिवर्तन विश्वभर में मौजूद झीलों, नदियों समेत अन्य स्त्रोतों के पानी को जहरीला बना रहा है। अमेरिका के ओहियो स्थित मियामी यूनिवर्सिटी के शोधकर्ताओं ने जलस्त्रोतों पर किए गए शोध में यह निष्कर्ष निकाला है। उनके अनुसार, मौसम चक्र बिगड़ने से अत्यधिक वर्षा अपने साथ जमीन पर मौजूद जैविक पदार्थ जल स्त्रोतों में ले जा रही है। इससे यह पदार्थ जल स्त्रोतों में मोटी परत बना रहे हैं। इससे पानी में मौजूद रोगाणुओं की संख्या बढ़ रही है। इस पानी को पीकर लोग बीमार हो रहे हैं। इस संदर्भ में एक शोध 'साइंटिफिक रिपोर्ट्स' नामक जर्नल में प्रकाशित हुआ है। शोध में दुनियाभर के जल स्त्रोतों का पानी इस्तेमाल किया गया। इसमें पेंसिलवेनिया, विस्कांसिन, चिली और न्यूजीलैंड की कई झीलों के सैंपल लिए गए। शोध में जल स्त्रोतों में घुले जैविक पदार्थ और उनके द्वारा सोखी गई सूर्य की किरणों की वेवलेंथ की मात्रा को मापा गया।

विषाक्त पानी में रोगाणु बढ़ रहे हैं। यह मानव शरीर के लिए घातक हैं। जैविक पदार्थ की मोटी परत सूर्य की किरणों या यूवी लाइट को जल स्त्रोतों के ऊपर ही रोक लेती हैं। यूवी लाइट पानी में मौजूद जहरीले रोगाणुओं (पैथोजेन) को प्राकृतिक रूप से मारती है, लेकिन उन तक यूवी लाइट न पहुंचने से पानी में उनकी संख्या तेजी से बढ़ रही है। रोगाणु बढ़ने से पानी भी जहरीला हो जाता है। इसे पीने से लोग बीमार हो रहे हैं। इससे अमेरिका में हर साल 1.9 करोड़ लोग बीमार पड़ते हैं। ब्राउनिंग ऑफ वाटर के कारण पानी को स्वच्छ बनाने की प्रक्रिया भी मुश्किल हो जाती है। उत्तर-पूर्वी पेंसिलवेनिया की कई झीलों में 1994-2015 तक एसआइपी में 50 प्रतिशत की गिरावट आई है।

कैलिफोर्निया की टाहो झील के पानी में घुले जैविक पदार्थों की बड़ी मात्रा

मिली है। मिशिगन झील के पानी में एसआइपी करीब 22 प्रतिशत कम मिली। वैज्ञानिकों ने ट्रोपोस्फेयरिक अल्ट्रावायलट विजिबल मॉडल के जरिए झीलों की सतह तक पहुंचने वाली अल्ट्रावायलट लाइट (यूवी लाइट) का साल भर तक अध्ययन किया। यह भी देखा गया कि उसकी कितनी मात्रा झील की कितनी गहराई तक गई। मॉडल से पानी में मौजूद जहरीले तत्वों को मारने के लिए यूवी लाइट की शक्ति को भी मापा गया। इसे सोलर इनएक्टिवेशन पोटेंशियल (एसआइपी) कहते हैं। बारिश का पानी अपने साथ जमीन पर मौजूद जैविक पदार्थ झीलों, नदियों व अन्य जल स्त्रोतों में ले जा रहा है। यह जैविक पदार्थ जल स्त्रोतों में मोटी परत के रूप में एकत्र हो रहे हैं। इसे ब्राउनिंग ऑफ वाटर कहते हैं। यह प्रक्रिया पिछले कुछ वर्षों में तेजी से बढ़ रही है।

अल नीनो अंटार्कटिका की सालाना दस इंच बर्फ पिघला रहा है। नासा के वैज्ञानिकों ने उपग्रह से प्राप्त 1994 से अब तक के आंकड़ों का आकलन किया है। उनके अनुसार अल नीनो समुद्र के गर्म पानी का बहाव अंटार्कटिका की ओर कर रहा है, जिससे वहां की बर्फ लगातार पिघल रही है। सालाना यह आंकड़ा आठ इंच का है, हालांकि इससे वहां बर्फबारी की भी घटनाएं हो रही हैं। अल नीनो से अंटार्कटिका का अमंडसेन सागर क्षेत्र सर्वाधिक प्रभावित हुआ है। वहां हिमखंडों की ऊंचाई में सालाना आठ इंच की कमी दर्ज की गई है। मतलब पिछले 23 साल में अल नीनो के कारण वहां की 4.6 मीटर बर्फ पिघल चुकी है। यह प्रक्रिया अभी भी जारी है।

मध्य और पूर्व-मध्य प्रशांत महासागर क्षेत्र में समुद्री जल के औसत से अधिक गर्म होने की प्रक्रिया को अल नीनो कहते हैं। मौसम चक्र में इसी के कारण बदलाव हो रहा है। इससे विश्व के अलग-अलग हिस्सों में बर्फबारी, बाढ़ और सूखे जैसी घटनाएं बढ़ रही हैं। वैज्ञानिकों के अनुसार, अल नीनो समुद्र के गर्म पानी को अंटार्कटिका के बड़े हिमखंडों की ओर प्रवाहित करता है। इससे समुद्र के नीचे मौजूद हिमखंडों के बड़े हिस्से पिघल रहे हैं। अल नीनो के जरिए मौसम में बदलाव हो रहा है। इससे अंटार्कटिका में बर्फबारी भी हो रही है, लेकिन अल नीनो से ही वहां बर्फ पिघलने की प्रक्रिया बर्फबारी की तुलना में अधिक तेज है। इसलिए बर्फबारी का कोई फायदा नजर नहीं आ रहा। ऊपर बर्फबारी के साथ ही समुद्र के नीचे हिमखंड पिघलने की प्रक्रिया जारी रहती है।

वर्ष 1960 के बाद शहरों और गांवों में पेड़ों का विकास बेहद तेजी से हुआ। इसके पीछे जलवायु परिवर्तन का हाथ होने के सुबूत मिले हैं। ग्रामीण क्षेत्रों की तुलना में शहरी क्षेत्रों के पेड़-पौधों में अधिक तेजी से विकास दिखा। यह अर्बन हीट आइलैंड इफेक्ट के कारण हो रहा है। इसमें ग्लोबल वार्मिंग के कारण शहरी क्षेत्र आसपास के क्षेत्रों से अधिक गर्म हो रहे हैं, जिससे वहां पेड़ों के लिए पानी की मुश्किल ज्यादा हो रही है। इसकी पूर्ति के लिए वहां पेड़ फोटोसिंथेसिस प्रक्रिया तेजी से करने लगे हैं। इस संदर्भ में शोध अध्ययन के लिए वैज्ञानिकों ने शहर और उसके आसपास के ग्रामीण व उपनगरीय क्षेत्रों में मौजूद साधारण पेड़-पौधों की प्रजातियों को शोध के लिए चुना। इन पेड़ों के तनों (ट्री कोर) के नमूने लिए। उपकरणों की मदद से पेड़ों का व्यास और कुल ऊंचाई पता की। ट्री कोर के सैंपल से पिछले कुछ वर्षों में पेड़ों की वृद्धि दर के बारे में जानकारी ली। शहरी प्राधिकरण से प्राप्त जानकारी और ट्री कोर के सैंपल को मिलाकर पेड़ की उम्र पता की।

वैज्ञानिकों का मानना है कि शहरी क्षेत्र के पेड़-पौधे जलवायु परिवर्तन के चलते तेजी से विकास कर रहे हैं। ऐसा मानने के पीछे उनका तर्क है कि ग्लोबल वार्मिंग से गर्मी बढ़ रही है। इससे पेड़ों पर उनकी जलापूर्ति का दबाव बढ़ा है। इसके परिणामास्वरूप अपनी पूरी खुराक के लिए वे ज्यादा से ज्यादा प्रकाश संश्लेषण क्रिया करने लगे हैं। 14 वैज्ञानिकों का यह शोध नेचर पत्रिका में प्रकाशित हुआ है। उन्होंने इसके लिए विभिन्न जलवायु क्षेत्रों में स्थित 10 बड़े शहरों का अध्ययन किया है। शोध में चार विभिन्न जलवायु क्षेत्र में स्थित 10 शहरों को शामिल किया गया। इनमें कनाडा का प्रिंस जॉर्ज और जापान का सपोरो शहर सर्द जलवायु वाले हैं।

जर्मनी के बर्लिन व म्यूनिख और फ्रांस के पेरिस को समशीतोष्ण जलवायु, चिली के सैंटियागो और दक्षिण अफ्रीका के केपटाउन को भूमध्यसागरीय जलवायु में रखा गया। वहीं ऑस्ट्रेलिया के ब्रिसबेन और वियतनाम के हनोई को अर्धकटिबंधी (सब ट्रॉपिकल) जलवायु श्रेणी में रखा गया। अधिक गति से बढ़ रहे पेड़ों का लाभ और नुकसान, दोनों ही है। ये पेड़ तेजी से हो रहे कार्बन उत्सर्जन को घटाने के साथ शहरी परिस्थितिकीय तंत्र को भी मजबूत कर रहे हैं, लेकिन इनका तेज विकास इनकी आयु कम कर रहा है। इससे हमें इनका लाभ कम समय के लिए मिल पाएगा।

पिछले एक दशक से देश का कार्बन उत्सर्जन छह प्रतिशत के औसत से बढ़ रहा था। वर्ष 2016 में वृद्धि दर 6.7 प्रतिशत हो गया। इस साल देश के कार्बन उत्सर्जन में सिर्फ 2 प्रतिशत की वृद्धि अनुमानित है। यानी 2.5 गीगाटन कार्बन डाइऑक्साइड उत्सर्जित होगी। पिछले तीन वर्षों से वैश्विक कार्बन उत्सर्जन में कोई वृद्धि या कमी नहीं हुई थी। इस साल जीवाश्म ईंधन के इस्तेमाल और उद्योगों के चलते वैश्विक ग्रीन हाउस गैस उत्सर्जन में दो प्रतिशत तक वृद्धि होने की संभावना है। आंकड़ों के अनुसार, वर्ष 2018 के अंत तक 37 अरब टन कार्बन डाइऑक्साइड उत्सर्जित होगी, जो अब तक का उच्चतम स्तर होगा। चीन सबसे बड़ा ग्रीनहाउस उत्सर्जक देश है। चीन के ग्रीन हाउस उत्सर्जन में वर्ष 2018 में 3.5 प्रतिशत इजाफा होने का अनुमान है। वह तकरीबन 10.5 गीगाटन उत्सर्जन करेगा। इसके बाद अमेरिका (5.3 गीगाटन) और यूरोपीय संघ (3.5 गीगाटन) का स्थान होगा। शेष विश्व 15.1 गीगाटन का उत्सर्जन करेगा। इसके साथ ही वर्ष 2016 में देश की सौर ऊर्जा क्षमता बढ़कर 12 गीगावॉट हो गई। इससे भी जीवाश्म ईंधन के इस्तेमाल में कमी हुई और ग्रीन हाउस उत्सर्जन कम हुआ।

संपूर्ण विश्व में आज सबसे अधिक मानवीय क्षति प्राकृतिक आपदाओं से हो रही है। युद्ध और आतंकवाद से भी अधिक क्षति प्राकृतिक आपदाओं से हुई है। विश्व में युद्ध और उत्पीड़न की घटनाओं के कारण अब तक छह करोड़ लोग शरणार्थी बनने को मजबूर हो चुके हैं। हालांकि पिछले कुछ वर्षों में प्राकृतिक आपदाओं ने भी करोड़ों लोगों को बार-बार बेघर किया है। औसतन प्रति सेकेंड एक व्यक्ति विस्थापित हो रहा है।

अमेरिकी महाद्वीप में हार्वे के बाद अब इरमा तूफान अपना कहर बरपा रहे हैं। बड़े स्तर पर वहां बचाव कार्य चल रहा है। हालांकि अटलांटिक बेसिन में हर साल तूफान आते हैं। वर्ष 1967 से अब तक इस क्षेत्र में श्रेणी एक से लेकर श्रेणी पांच तक के कई भीषण चक्रवाती तूफान आए। इनमें सर्वाधिक 15 तूफान 2005 में आए। दूसरी ओर इरमा के कारण अमेरिका में अब 55 लाख से अधिक लोग बचाए गए हैं। यह संख्या अमेरिकी इतिहास में सर्वाधिक है। 21वीं सदी में प्राकृतिक आपदाओं में बड़े बचाव अभियान चलाए गए हैं। इसमें 22 सितंबर, 2005 को अमेरिका के टेक्सास और लुइसियाना प्रांत से रीटा तूफान के कारण 30 लाख लोगों को सुरक्षित स्थान पर पहुंचाया गया। 21वीं सदी में यह

अमेरिका में बचाए गए लोगों की दूसरी सर्वाधिक संख्या है। अगस्त 2008 में गुस्ताव तूफान के कारण अमेरिका के लुइसियाना में 19 लाख लोग बचाए गए। जून, 2013 में भारत के उत्तराखंड में आई आपदा में 12 दिनों में 10 लाख से अधिक लोगों को बचाया गया। अक्टूबर, 2013 में आंध्र प्रदेश और ओडिशा के क्षेत्रों से फेलिन चक्रवात के कारण 8.50 लाख से अधिक लोग बचाए गए। अक्टूबर, 2016 में भी मैथ्यू तूफान के कारण अमेरिका के फ्लोरिडा, जॉर्जिया और दक्षिण कैरोलिना से 25 लाख लोगों को सुरक्षित स्थान पर ले जाया गया।

भारत में भी प्राकृतिक आपदाएं निरंतर बढ़ रही हैं। प्रतिवर्ष देश के अनेक इलाकों में गंभीर प्राकृतिक आपदाएं दस्तक देती हैं। देश के अनेक इलाके ऐसे हैं, जो दशकों से प्रतिवर्ष बाढ़ से दो-चार होते चले आ रहे हैं। इनमें से कुछ तो ऐसे हैं, जो आजादी के पहले से ही बाढ़ का शिकार हैं और आज आजादी के 70 बरस बाद भी। यह आश्चर्यजनक है कि जो बाढ़ संबंधित इलाकों को विकास की दृष्टि से कई साल पीछे खींच ले जाती है, उससे निपटने के ठोस उपाय क्यों नहीं किए जा रहे हैं? स्थिति इतनी बेकाबू हो चुकी है कि बाढ़ से बचने के उपाय भी अब पर्याप्त असर नहीं दिखा रहे हैं। अब यह साफ दिख रहा है कि जलवायु परिवर्तन के बुरे नतीजे सामने आने लगे हैं। बीते कुछ समय से ही वे अनेक इलाके बाढ़ का सामना करने लगे हैं, जो इसके लिए नहीं जाने जाते थे। इसी तरह कई ऐसे इलाके सामने आ रहे हैं, जहां बीते कई सालों से कहीं कम बारिश हो रही है। अब जब इसके आसार बढ़ गए हैं कि जलवायु परिवर्तन के असर से बचना कठिन हो गया है, तब जरूरी केवल यह नहीं है कि बारिश के पानी का प्रबंधन ठीक ढंग से किए जाए, बल्कि यह भी है कि खेती में जरूरी बदलाव के भी ठोस कदम उठाए जाएं। ऐसा न करना एक तरह से सामने दिख रही मुसीबत को एक बड़े संकट में बदलना है।

जलवायु परिवर्तन के कारण भविष्य में भयानक प्राकृतिक आपदाओं का सामना करना पड़ेगा। अगला एक दशक पृथ्वी पर मानव जीवन के लिए निर्णायक है। यदि परिस्थितियां सुधरी नहीं, तो वर्ष 2030 के बाद तेजी से मानव सभ्यता का पतन प्रारंभ हो जाएगा। सबसे पहले वे देश नष्ट होंगे, जो प्राकृतिक आपदाओं, अत्यधिक आबादी, गरीबी तथा खराब गवर्नेंस से पीड़ित होंगे। इस दृष्टि से एशिया और अफ्रीका के देश ज्यादा मुश्किल में फंस सकते हैं। विकसित और समृद्ध देश

भी अधिक समय तक लाभ नहीं उठा पाएंगे। वर्ष 2040 तक प्रदूषण और ग्लोबल वार्मिंग की स्थिति उस स्तर को छू लेगी, जहां इन देशों की समृद्धि और सुरक्षा चक्र नाकाफी सिद्ध होने लगेंगे। स्पष्ट है कि यह पृथ्वी सभी की है और सभी मिलकर ही इसे हरा-भरा और स्वस्थ बनाए रख सकते हैं। स्वार्थपूर्ण आत्मकेंद्रित मानसिकता के कारण हम पृथ्वी और मानव सभ्यता का पहले ही बहुत अनिष्ट कर चुके हैं। अब और अधिक की गुंजाइश ही शेष नहीं रह गई है।

7

बढ़ती आबादी, अनियोजित विकास

भारत जैसे विकासशील देश में एक ओर आबादी भी बहुत तेजी से बढ़ रही है, दूसरी ओर हमारे विकास की गति और दिशा भी पर्यावरण अनुकूल नहीं है। हमारा ध्यान बढ़ती आबादी की आवश्यकताओं को पूरा करने पर ही अधिक केंद्रित हो गया है। इस अनियंत्रित आबादी की आवश्यकताओं को पूरा करने के लिए पर्यावरण और प्राकृतिक संसाधनों पर असीमित दबाव बढ़ता जा रहा है। इससे हम दिनोंदिन विनाश की ओर आगे बढ़ रहे हैं। निःसंदेह बढ़ती हुई आबादी और अनियोजित शहरी विकास के कारण अनेक समस्याएं बढ़ रही हैं। प्रतिवर्ष भारतीय शहरों में भगदड़ और दुर्घटनाओं के समाचार आते रहते हैं। बढ़ती हुई आबादी के कारण मानवीय गरिमा का महत्व कम होता जा रहा है और मानवीय संवेदनाएं समाप्त होती जा रही हैं। मुंबई में महज अफवाह के आधार पर मची भगदड़ से सैकड़ों जानें चली गई थीं। वास्तव में एलफिंस्टन ब्रिज का हादसा महज एक दुर्घटना नहीं, बल्कि चरमराते शहरी ढांचे की घातक उपेक्षा की शर्मनाक बानगी भी है। हमारे महानगर एक ओर आबादी के बोझ से दबे जा रहे हैं और दूसरी ओर उनका ढांचा अपर्याप्त भी साबित हो रहा है, लेकिन उसे सुधारने-संवारने के लिए ठोस काम नहीं हो रहा है। जो हो भी रहा है, वह बेतरतीब और अनियोजित विकास का पर्याय बन रहा है। यही कारण है कि शहरी जीवन त्रासदी भरा होता जा रहा है।

मुंबई में न केवल पहले की तरह झुग्गी-बस्तियां कायम हैं, बल्कि वे बढ़ती भी दिख रही हैं। इसी तरह अतिक्रमण और बेतरतीब विकास के जनक भू माफिया भी पहले की तरह सक्रिय हैं। मुंबई में जल निकासी तंत्र की किस तरह अनदेखी हुई है, इसका प्रमाण यह है कि शहर के बीच से बहने वाली मीठी नदी नाला बनकर रह गई है। ऐसा ही कुछ और नदियां कचरे और अतिक्रमण के कारण करीब-करीब खत्म होने की कगार पर हैं। निःसंदेह बात केवल मुंबई की

ही नहीं, अन्य महानगरों और शहरों की भी है। यह देश को जान-बूझकर संकट की ओर ले जाने के अतिरिक्त और कुछ नहीं कि जब छोटे-बड़े शहर आबादी के बढ़ते बोझ से दो-चार हैं, तब वे अनियोजित विकास से भी जूझ रहे हैं।

शीघ्र ही देश की कुल आबादी का करीब आधा हिस्सा शहरों में गुजर-बसर कर रहा होगा, लेकिन इससे संबंधित चुनौतियों का सामना करने में नगर निकायों से लेकर राज्य सरकारें तक उदासीन दिखती हैं। इसी कारण स्मार्ट सिटी बनाने के इस दौर में सामान्य बारिश होते ही हमारे शहर हर तरह की अव्यवस्था से घिर जाते हैं। कभी-कभी तो ऐसा लगता है कि हमारे नीति-नियंताओं ने शहरों को उसी तरह उनके हाल पर छोड़ दिया है, जैसे ग्रामीण इलाकों को छोड़ रखा है। देश के अनेक इलाके दशकों से बाढ़ से दो-चार हो रहे हैं, लेकिन उससे निपटने के ठोस उपाय कहीं नहीं दिखते हैं। यदि शहरों के ढांचे को सुधारने-संवारने की कोई ठोस पहल नहीं हुई, तो शहरी जीवन और अधिक कष्टकारी तो होगा ही, वे विकास की बदरंग तस्वीर भी पेश करेंगे।

हम जो कुछ भी विकास या समृद्धि जुटाने के लिए करते हैं, उसकी कीमत प्रकृति को चुकानी पड़ती है। हम आज जिसे वैभव मान रहे हैं, वो प्रकृति से लिया हुआ सीधा बड़ा कर्ज है, जिसे हम सदियों से चुकाने से कतरा रहे हैं। जीवन की उत्पत्ति प्रकृति की कृपा से हुई। जीवन के लिए जल, वायु और पृथ्वी के तत्व ही सबसे महत्वपूर्ण हैं। समस्त प्राणियों का पहला कर्तव्य व धर्म हवा, पानी, मिट्टी, अग्नि और सूर्य के प्रति है, क्योंकि पूरे भूमंडल की सभी गतिविधियां इन्हीं के चारों तरफ घूमती हैं।

विडंबना है कि आज का पूरा विकास इन्हीं संसाधनों की कीमत पर खड़ा हो रहा है। वाहन, आलीशान गगनचुंबी अट्टालिकाएं हों या कंप्यूटर और इंटरनेट हों, सबके अस्तित्व में प्रकृति का दोहन ही शामिल है। अब तक तो प्रचुर मात्रा में उपलब्ध प्राकृतिक संसाधन के बूते समृद्धि की गाथा गाई जाती रही। अब हालात तेजी से प्रतिकूल होते जा रहे हैं। अक्षय समझे जाने वाले इन प्राकृतिक संसाधनों पर भी खतरा मंडराने लगा है। इस कमी को भी इंसानी लोभ ने कारोबार की शक्ल दे दी है। पानी, मिट्टी, हवा के भी अब दाम लग चुके हैं। पानी बोतलों में, मिट्टी रसायन के रूप में और हवा सिलेंडर जार में उपलब्ध है। ऐसे में समृद्धि के इस रूप में प्रवेश को विनाशकारी ही माना जा सकता है।

वास्तव में समृद्धि और प्रकृति के बीच में संतुलन की चिंता शुरुआती दौर में ही होनी चाहिए थी। आश्चर्यजनक है कि मनुष्य ने सदियों से बौद्धिक प्रगति की और जीवन को बेहतर बनाने में इसका लाभ उठाया फिर ये कैसे परिस्थितिकी संतुलन के प्रति असंवेदनशील हो गया। ऐसा ही चलता रहा, तो जल्द ही हम सब कुछ खो देंगे। जल्द ही इस दिशा में कोई कदम अगर नहीं उठा, तो हम भावी पीढ़ियों को गंभीर संकट में झोंक देंगे।

जिस तरह से हम समृद्धि का सालाना लेखा-जोखा करते हैं, उसी तरह पर्यावरण और प्रकृति का भी हिसाब-किताब रखना होगा। अगर प्रकृति के मद में हम ज्यादा जमा करेंगे, तो जाहिर तौर पर बैंक की तरह हमें रिटर्न ज्यादा मिलेगा। विश्व के लिए प्रकृति और इसके संसाधन ही सबसे बड़े धन हैं। अपने प्रकृति के इस मूलधन को बचाते हुए उससे मिले ब्याज के बूते जो समृद्धि हासिल हो, वही सच्ची समृद्धि होगी। वही कल्याणकारी होगी। हमें अपने शहरों, गांवों और मानव सभ्यता को बचाना होगा। बिना पर्यावरण संरक्षण के ऐसा किया जाना कदापि संभव नहीं होगा।

शहरों का अनियोजित विकास भी प्रदूषण के लिए मुख्य रूप से जिम्मेदार है। पहले टाउन प्लानर होते थे, जो शहरों को सुव्यवस्थित तरीके से बसाते थे, लेकिन अब ऐसा नहीं हो रहा है। तेजी से बढ़ रही आबादी शहरों में अनियोजित विकास को बढ़ावा दे रही है। छोटी-छोटी सोसाइटी बगैर प्लानिंग कर प्लाटिंग कर देती हैं। जिन गलियों के बाहर वाहन नहीं खड़े हो सकते हैं, वहां अपार्टमेंट खड़े हो रहे हैं। आज हमारे शहर सांस लेने लायक नहीं रह गए हैं। शहरों में आसमान दिखना बंद हो गया है और हर तरफ स्मॉग की चादर छाई रहती है। स्मॉग से खांसी के अलावा आंखों में जलन होती है। कभी-कभी गले व सीने में जलन की शिकायत मिलती है। जब आप स्मॉग के संपर्क में आते हैं, तो इसमें डस्ट पार्टिकल्स व प्रदूषण आपके श्वसन तंत्र पर बुरा असर डालते हैं। इससे सीने में जलन होती है तथा खांसी की भी समस्या सामने आती है। यह फेफड़े को भी नुकसान पहुंचाता है। अस्थमा के मरीजों के लिए तो यह सबसे अधिक घातक है।

शहरों को स्वच्छ बनाए रखने के लिए हमें कुछ ठोस कदम उठाने होंगे। यथा- शहर की सभी प्रमुख सड़कें चौड़ी की जाएं। यातायात सामान्य तरीके से संचालित हों, इसके लिए चौराहों में जरूरी सुधार किए जाएं। यातायात सामान्य

बनाने के लिए सड़कों से अवैध कब्जे हटवाए जाएं। सड़कों के किनारे फुटपाथ जरूर बनाए जाएं। वाहनों के लिए अधिक से अधिक पार्किंग सुविधा उपलब्ध कराई जाए। सार्वजनिक यातायात के साधनों को और सस्ता किया जाए। जनता को अपने वाहन के बजाय सार्वजनिक वाहनों के प्रयोग की सलाह दी जाए। यातायात प्रबंधन को और सुदृढ़ किया जाए।

वायु प्रदूषण से होने वाले नुकसान के बारे में आम जनता को जागरूक किया जाए। वाहनों की समय-समय पर सर्विसिंग कराने के लिए प्रेरित किया जाए। आम जनता को वाहनों के इस्तेमाल की बारीकियां बताई जाएं। रिहायशी इलाके सलीके से विकसित किए जाएं, वहां सभी प्रकार की सुविधाएं दी जाएं। इसके साथ ही मुख्य शहर की भीड़ कम करने के उपाय अपनाए जाएं। हाइवे पर ही बस स्टेशन बनाए जाएं, ताकि शहर में यातायात का भार कम हो सके। कूड़ा जलाने पर पूरी तरह प्रतिबंध लगाया जाए। पेड़ों, पत्तियों व टायरों को जलाने पर भी सख्ती बरती जाए। पार्क, सड़क के किनारे व खाली स्थान पर अधिक से अधिक पौधरोपण किया जाए। सीएनजी के अधिक से अधिक स्टेशन स्थापित किए जाएं। वहीं शहरों में बैटरी आधारित हाइब्रिड वाहन चलाए जाएं। डीजल जेनरेटर के बजाय सोलर एनर्जी का इस्तेमाल किया जाए। यातायात के लिहाज से भीड़-भाड़ वाले स्थानों पर हैवी डस्ट रिमूवल सिस्टम लगाया जाए।

हमें यह समझना होगा कि पर्यावरण के बिना मानव सभ्यता का कोई अस्तित्व नहीं हो सकता है। वन संपदाओं में कमी के कारण पर्यावरण असंतुलन बढ़ रहा है। हमें पुनः एक आंदोलन चलाकर वन क्षेत्र को बढ़ाना होगा। वृक्ष ही मानव जीवन का आधार होते हैं। यह न केवल हमारी दैनिक आवश्यकताओं की पूर्ति करते हैं, वरन हमारी सीमाओं की सुरक्षा तक करने में सहायक होते हैं। पाकिस्तान से सटी सीमा पर दुश्मन के सामने सीना ताने खड़े हरे-भरे ये पेड़ मानो प्रहरी हैं। इन्हें शिवालय के प्रहरी भी कहा जाता है। इनके होते दुश्मन की नापाक गोलाबारी इस गांव को छू भी नहीं सकती है। पाकिस्तान की ओर से बरसाए जाने वाले गोले, गोलियां और मोर्टार इनकी विशाल शाखाओं से टकराकर ढेर हो जाते हैं। इन हजारों पेड़ों ने शिवालय गांव को चारों ओर से इस तरह से घेर रखा है कि दुश्मन की बुरी नजर को भी इस तक नहीं पहुंचने देते। भारत-पाकिस्तान विभाजन के साक्षी ये पेड़ जब दादा-परदादाओं ने लगाए थे, तो उन्हें अंदाजा नहीं रहा होगा

कि ये पेड़ वक्त आने पर हरियाली, छांव, फलों के साथ-साथ पीढ़ियों को दुश्मन के गोले-गोलियों से बचाने का काम भी करेंगे।

सीमा से महज एक किलोमीटर की दूरी पर कानाचक्क के शिवालय गांव में लगे ये पुराने वृक्ष दुश्मन को खलते हैं। कारण है कि इन वृक्षों के कारण पाकिस्तान इस गांव को निशाना नहीं बना सकता है। दुश्मन को पेड़ों की कतार तो दिखती है, लेकिन उनकी ओट में बसा गांव नहीं दिखता है। जब भी सीमा पर अधिक तनाव होता है, तो दुश्मन बिना निशाने के गोले बरसाता है, जो ज्यादा नुकसान नहीं पहुंचा पाते। तब पेड़ ढाल बन जाते हैं। यही कारण है कि अखनूर क्षेत्र के इस गांव के सैकड़ों निवासी वर्ष 1971 के युद्ध के बाद एक बार भी नहीं उजड़े हैं। गांव में पाकिस्तानी गोलाबारी से आज तक कोई हताहत नहीं हुआ है। दुश्मन की गोलियां, मोर्टार घने पेड़ों की शाखाओं में उलझकर रह जाते हैं। गांव वाले इन पेड़ों को अहमियत देते हैं। ऐसे में पेड़ों का यह संदेश स्पष्ट है कि तुमने हमें बचाया, हम तुम्हें बचाएंगे।

घटते वनों और नष्ट होती वन संपदा के कारण वन्य जीवों को भी अनेक संकटों का सामना करना पड़ रहा है। इन वन्य जीवों से हमें बहुत कुछ प्राप्त होता रहता है। प्राकृतिक असंतुलन के कारण आज वन्य जीवों के आचरण और व्यवहार में गंभीर परिवर्तन आ रहा है। कई स्थानों पर मनुष्य और जीवों के मध्य संघर्ष की घटनाएं बढ़ रही हैं। छत्तीसगढ़, असम, झारखंड, ओडिशा, पश्चिम बंगाल जैसे पूर्वी राज्यों में हाथी और इंसान के बीच वर्चस्व की लड़ाई बेकाबू होती जा रही है। लगातार उजड़ते जंगलों ने गजराज के प्राकृतिक आवास को तहस-नहस कर दिया है। जीवित रहने के लिए इंसानी आबादी में सेंध लगाना हाथियों की मजबूरी को बयां कर रहा है। इस संघर्ष में दोनों ओर से जानें जा रही हैं।

वर्ष 2013 से लेकर फरवरी 2017 तक देश में हाथियों के हमलों में 1,465 लोगों की मौत हुई, जबकि 100 से अधिक हाथी मारे गए। यह जानकारी अक्टूबर 2017 को वन एवं पर्यावरण मंत्री हर्षवर्द्धन ने संसद में दी थी। यह आंकड़ा यहीं नहीं थमा है। अक्टूबर से दिसंबर 2017 के बीच असम में 40 हाथियों की मौत चौंकाने वाला घटनाक्रम सामने आया। पूर्वी राज्यों से हर दूसरे दिन आ रही खबरें इस चिंता को लगातार बढ़ा रही हैं।

छत्तीसगढ़ के 27 में से 17 जिले हाथियों के उत्पात से प्रभावित बताए जा रहे हैं। झारखंड के भी दर्जनभर जिले इससे प्रभावित हैं। भोजन की तलाश में हाथी खेतों एवं घरों तक पहुंच रहे हैं। जो भी उनके आगे आता है, उसे वे रौंद डालते हैं। दिसंबर 2017 में छत्तीसगढ़ सरकार ने बताया था कि मानव-हाथी द्वंद्व में पिछले पांच सालों में 199 लोगों और 60 हाथियों की मौत हुई। वहीं इस अवधि में हाथियों ने करीब सात हजार घरों को तोड़ा व 32 हजार 9 सौ 52 हेक्टेयर फसल को नुकसान पहुंचाया। प्रभावित परिवारों को 40 करोड़ रुपए का मुआवजा बांटा गया। वर्ष 2017 में ही हाथियों के हमले में यहां 46 लोगों की मौत हुई। राजधानी रायपुर एवं इससे सटे इलाकों में भी हाथियों का झुंड पहुंचने लगा है।

हाथियों को जंगल में घेरे रखने के लिए कॉरिडोर बनाने से लेकर इलेक्ट्रिक फेसिंग जैसे कुछ उपाय किए गए, लेकिन बात नहीं बनी। इस संदर्भ में लोगों को जागरूक किए जाने के अलावा कोई दूसरा रास्ता नहीं दिख रहा है। प्रशासन द्वारा रोजाना हाथियों की लोकेशन ट्रैक की जा रही है और शाम को रेडियो से प्रसारण कर लोगों को सचेत किया जा रहा है। समझाने के बाद भी लोग हाथियों को खदेड़ने की कोशिश में जान गंवा बैठते हैं। इस द्वंद्व में 1500 से अधिक इंसानों और 200 से अधिक हाथियों की जान गई है। छत्तीसगढ़, झारखंड, असम, पश्चिम बंगाल जैसे पूर्वी राज्यों में दिनोंदिन हालात बिगड़ रहे हैं। इसकी असली वजह जंगलों का लगातार उजड़ना है।

बेहतर भविष्य और सुखद जीवन के लिए हमें अपने वनों को बचाना होगा। यदि वन नहीं बचे, तो यह मानव सभ्यता भी नहीं बचेगी। विश्व के अधिकांश विकसित देश अपनी वन्य संपदा को बढ़ाने में लगे हैं। भारत को भी इस ओर ध्यान देने की आवश्यकता है। भारत में बढ़ती आबादी और बढ़ते शहरीकरण के कारण वनों को व्यापक हानि हुई है। इसे रोकने की आवश्यकता है। राष्ट्रीय स्तर पर इस संदर्भ में अनेक योजनाएं और अभियान संचालित किए जा रहे हैं। भारत में भी पिछले दो दशकों में पर्यावरण के प्रति जागरूकता बढ़ी है। लोग पर्यावरण के संरक्षण के महत्व को शनैः-शनैः समझने लगे हैं। इसका सकारात्मक लाभ देश को मिल रहा है। पिछले एक दशक में देश के वनक्षेत्र में आंशिक बढ़ोतरी हुई है। यह एक सुखद संकेत है।

जहां विश्व के अनेक देशों के वन क्षेत्र का रकबा लगातार कम होता जा रहा है, वहीं विकासशील देश होने के बावजूद भारत ने अपने वन एवं वृक्ष क्षेत्र में एक प्रतिशत की बढ़ोतरी दर्ज की है। बड़ी आबादी की जरूरतों को पूरा करने के लिए तैयार हो रही विकासीय परियोजनाओं के बावजूद कुल वन और वृक्ष क्षेत्र में 8021 वर्ग कि.मी. की वृद्धि अच्छी खबर है। प्रत्यक्ष और अप्रत्यक्ष रूप से अनगिनत लाभ देने वाले इन पेड़-पौधों को बचाने के लिए लगातार चल रहे सरकारी-गैर सरकारी प्रयासों और जागरूकता कार्यक्रमों से ही ऐसा संभव हो सका है।

केंद्रीय पर्यावरण विभाग की द्विवार्षिक इंडिया स्टेट फॉरेस्ट रिपोर्ट-2017 के अनुसार, कुल वन क्षेत्र में होने वाली वृद्धि के हिसाब से विश्व में भारत 10वें स्थान पर है और वार्षिक वन क्षेत्र में होने वाली वृद्धि के हिसाब से विश्व में आठवें पायदान पर मौजूद है। इसके बावजूद लोगों में जागरूकता बढ़ रही है। विश्व भर में वन का रकबा घट रहा है, जबकि भारत में प्रतिकूल हालात के बावजूद वन क्षेत्रफल बढ़ रहा है। अच्छी बात यह है कि वनों के लिहाज से अगर जनसंख्या घनत्व को देखा जाए, तो शीर्ष नौ देशों का यह आंकड़ा 150 है, जबकि भारत का 350 है। इसका मतलब एक वर्ग कि.मी. वन में 350 भारतीय रह सकते हैं। आबादी और पशुओं के दबाव के बावजूद भी हमारे संरक्षण और संवर्द्धन के प्रयासों से ये नतीजे संभव हुए हैं।

भारत का कुल वन क्षेत्र 7,08,273 वर्ग कि.मी. है। कुल भौगोलिक क्षेत्र में वनों की हिस्सेदारी 21.54 प्रतिशत है। वृक्षों से आच्छादित रकबा 93,815 वर्ग कि.मी. है। कुल भौगोलिक रकबे में वनों की हिस्सेदारी 2.85 प्रतिशत है। वन और वृक्ष से आच्छादित देश का रकबा 8,02,088 वर्ग कि मी. है। भौगोलिक रकबे में ग्रीन कवर की हिस्सेदारी 24.39 प्रतिशत है। देश के वन क्षेत्र में हुई कुल वृद्धि 6778 वर्ग कि.मी. है। इसमें वृक्षों से आच्छादित रकबे में वृद्धि 1243 वर्ग कि.मी. है। शीर्ष राज्यों में आंध्र प्रदेश में 2141 वर्ग कि.मी., कर्नाटक 1101, केरल में 1043, ओडिशा में 885 तथा तेलंगाना 565 वर्ग कि.मी. वन क्षेत्र की वृद्धि हुई है।

वर्ष 2015 के मुकाबले बहुत घने वनों की श्रेणी में 1.36 प्रतिशत की वृद्धि हुई है। वर्ष 2015 में 88,633 वर्ग कि.मी. तथा वर्ष 2017 में

98,158 वर्ग कि.मी. रकबा बढ़ा है। वन क्षेत्र वाले शीर्ष राज्यों में मध्य प्रदेश 77,414, अरुणाचल प्रदेश 66,964 तथा छत्तीसगढ़ 55,547 वर्ग कि.मी. वन क्षेत्र शामिल हैं। वन हिस्सेदारी वाले शीर्ष राज्यों में लक्षद्वीप (99.33 प्रतिशत), मिजोरम (86.27 प्रतिशत) तथा अंडमान-निकोबार द्वीप समूह (81.73) शामिल हैं। पहली बार इस सर्वे में वन के बीच मौजूद जल स्रोतों को भी शामिल किया गया। पिछले एक दशक में इन जल निकायों के क्षेत्रफल में 2647 वर्ग कि.मी. की वृद्धि हुई है। इनमें महाराष्ट्र (432 वर्ग कि.मी.), गुजरात (428 वर्ग कि.मी.), मध्य प्रदेश (389 वर्ग कि.मी.) शीर्ष राज्य हैं। चिंता की वजह यह है कि देश के कई राज्यों के वन क्षेत्र में वृद्धि हुई है, पर 12 राज्य और संघ शासित क्षेत्र ऐसे भी हैं, जहां इसमें गिरावट दर्ज हुई है। इनमें छत्तीसगढ़, मध्य प्रदेश, महाराष्ट्र, मेघालय, मिजोरम, नगालैंड, सिक्किम, अरुणाचल प्रदेश और त्रिपुरा हैं।

ग्लोबल वार्मिंग और पर्यावरण असंतुलन के कारण संपूर्ण विश्व में व्यापक पारिस्थितिकीय परिवर्तन उत्पन्न हो रहे हैं। कई परिवर्तन इतने जटिल हैं कि इनके विषय में शीर्षस्थ संस्थानों और वैज्ञानिकों ने भी अनुमान नहीं लगाया था। इन परिवर्तनों के घातक परिणाम अवश्यंभावी हैं। दक्षिणी अमेरिका के ऊपर मौजूद चुंबकीय क्षेत्र सबसे तेजी से कमजोर पड़ रहा है। इस क्षेत्र के वैज्ञानिकों ने दक्षिण अंटलाटिक असंगति नाम दिया है। इस क्षेत्र के ऊपर से गुजरने वाले उपग्रहों के सर्किट रेडिएशन बढ़ जाने के कारण खराब हो गए। अमेरिका के कोलाराडो स्थित यूनिवर्सिटी ऑफ कोलाराडो के अंतरिक्ष विज्ञान विभाग के वैज्ञानिकों का कहना है कि अगर यह सारे संकेत सही हैं, तो चुंबकीय क्षेत्र के पलटने के बाद पृथ्वी के कुछ क्षेत्र रहने लायक नहीं बचेंगे।

पृथ्वी के अस्तित्व के लंबे इतिहास में हजारों बार चुंबकीय क्षेत्र में बदलाव आया है। धरती के कोर में मौजूद तरल लोहा स्थिर नहीं है। इसके कारण पृथ्वी के उत्तरी और दक्षिणी चुंबकीय ध्रुव हर दो या तीन लाख वर्ष में आपस में जगह बदल लेते हैं। यूरोपीय स्पेस एजेंसी के उपग्रहों द्वारा एकत्र किए डाटा के अनुसार, हर दशक में पृथ्वी का चुंबकीय कवच पांच प्रतिशत की दर से कमजोर पड़ रहा है। यह दर पूर्व अनुमान से 10 गुना अधिक है। पिछली बार यह बदलाव 7.80 लाख वर्ष पहले हुआ था। इस प्रक्रिया में चुंबकीय क्षेत्र धीरे-धीरे कमजोर पड़ता जाता है। वैज्ञानिकों का दावा है कि अगला बदलाव शुरू हो चुका है।

वैज्ञानिकों के मुताबिक ध्रुव पलटने से सौर विकिरण दोगुना हो जाएगा। इससे हर साल कैंसर जैसी बीमारियों से एक लाख लोगों की जान जा सकती है। दूसरे धड़े का कहना है कि चुंबकीय परत भले ही कमजोर पड़ जाएगी, लेकिन सौर विकिरण में मामूली वृद्धि होगी। कमजोर कवच के बाद भी पृथ्वी का घना वातावरण सूर्य की घातक किरणों को रोक लेगा। भारत के टाटा इंस्टीट्यूट ऑफ फंडामेंटल रिसर्च के वैज्ञानिकों ने एक वर्ष बाद दावा किया कि घातक किरणों ने पृथ्वी के चुंबकीय क्षेत्र को पीछे धकेल दिया है। यह क्षेत्र जो पृथ्वी के अर्द्धव्यास का 11 गुना अधिक था, वह अब सिर्फ चार गुना रह गया है।

"करोड़ों वर्ष पहले मंगल पर वायुमंडल था, लेकिन वहां के चुंबकीय क्षेत्र के धीरे-धीरे खत्म होने से सौर तूफानों ने उसे तबाह कर दिया। अब ऐसा ही संकट पृथ्वी पर आने वाला है। इसके चुंबकीय क्षेत्र पर भी खतरा मंडरा रहा है। वैज्ञानिकों ने आशंका जताई है कि पृथ्वी के चुंबकीय ध्रुव पलट सकते हैं। इससे इसका चुंबकीय कवच कमजोर पड़ जाएगा। सूर्य की हानिकारक किरणें पृथ्वी के वायुमंडल को चीरती हुई सतह तक आ जाएंगी और मंगल की ही तरह पृथ्वी के वायुमंडल का खात्मा यहां के जीवन के अंत की वजह बन सकता है।"

वैज्ञानिकों के अनुसार, पृथ्वी के कोर में मौजूद तरल लोहा इलेक्ट्रोमैग्नेट की तरह बर्ताव करता है, जिसके दो चुंबकीय ध्रुव हैं। इससे इलेक्ट्रोमैग्नेट करंट पैदा होता है, जो पृथ्वी के चारों ओर एक चुंबकीय क्षेत्र मैग्नेटोस्फेयर तैयार करता है। अंतरिक्ष में हजारों मील तक फैला हुआ यह चुंबकीय क्षेत्र सूर्य की घातक किरणों से पृथ्वी को बचाता है। धरती पर मौजूद जीवन इसी कवच पर निर्भर करता है। इसके खत्म हो जाने के बाद जीवन खत्म होने में समय नहीं लगेगा। वर्ष 2015 में सूर्य से निकलने वाली तीव्र किरणों ने सुपरस्टॉर्म की स्थिति खड़ी कर दी। लगातार दो घंटे तक घातक किरणों के बरसने से पृथ्वी पर मैग्नेटोस्फेयर में अस्थायी दरारें पड़ गईं। प्रकाश की गति से अत्यधिक तेज रेडिएशन पृथ्वी पर हुआ, उनसे वातावरण में जियोमैग्नेटिक तूफान उठा। ध्रुवों के करीब क्षेत्रों में रेडियो सिग्नल ठप पड़ गए।

वैज्ञानिक अंतरिक्ष अनुसंधान के कार्य का आकलन इस दृष्टि से भी हो रहा है कि क्या भविष्य में मानव की बढ़ती आवश्यकताओं की पूर्ति के लिए अंतरिक्ष क्षेत्र का रचनात्मक उपयोग संभव है। क्या अन्य ग्रहों और उपग्रहों में मानव की

बढ़ती आवश्यकताओं की पूर्ति हेतु कतिपय संसाधनों की खोज की जा सकती है। भविष्य की आवश्यकताओं को देखते हुए नए स्पेस उपकरणों को विशाल रॉकेट से कक्षा में उपग्रहों को स्थापित किए जाने की योजना पर कार्य चल रहा है। भविष्य में अंतर्राष्ट्रीय अंतरिक्ष केंद्र में वैज्ञानिकों और उपकरणों को भेजा जाएगा। चांद के मानव अभियानों को अंजाम दिया जाएगा। इस रॉकेट के शीर्ष पर 40 केबिन होंगे। प्रत्येक में पांच से छह लोग आराम से रह सकेंगे। चंद्रमा और मंगल पर बेस बनाने में इसकी अहम भूमिका होगी। वर्ष 2022 में बीएफआर पहली बार मंगल पर भेजा जाएगा। यह केवल कार्गो फ्लाइट होगी। वर्ष 2024 में मंगल पर मानव अभियान को अंजाम दिया जाएगा। रॉकेट के कुछ हिस्सों को पुनः इस्तेमाल किया जा सकेगा। यह धरती से सीधे मंगल तक पहुंचने में सक्षम होगा।

फाल्कन हेवी की सफलता से उत्साहित स्पेस एक्स संगठन एक ऐसी योजना पर काम करने जा रहा हैं, जो स्पेस इंडस्ट्रीय की कायापलट कर देगी। वह जल्द ही नासा के विशालकाय सैटर्न 5 से भी बड़े रॉकेट को अंतरिक्ष में भेजने की तैयारी में हैं। बीएफआर नामक इस रॉकेट की पहली परीक्षण उड़ान 2019 में होगी और कक्षा में भेजने का परीक्षण 2020 में संपन्न होगा। मंगल पर पहली कार्गो उड़ान 2022 में होगी। मंगल और चांद पर बस्तियां बसाने में इसकी बड़ी भूमिका होगी। भविष्य में क्या होगा, यह अभी अज्ञात है, किंतु यह अवश्य सर्वविदित है कि तब तक हमें अपने पर्यावरण और वन्य संपदाओं को बचाए रखना होगा, क्योंकि फिलहाल मनुष्य के जीने योग्य पृथ्वी के अतिरिक्त और अन्य कोई स्थान नहीं है।

8

बढ़ता लालच, छोटी पड़ती पृथ्वी

मनुष्य की अंतहीन आवश्यकताओं और लालच के कारण यह पृथ्वी आज उसके लिए छोटी पड़ती जा रही है। इस संपूर्ण पृथ्वी का अपने अस्तित्व से लेकर भविष्य के लाखों वर्षों में मिलाकर इतनी क्षति नहीं हुई, जितनी मनुष्य ने विकास के नाम पर केवल पिछले तीन दशकों में पर्यावरण की क्षति की है। ऐसा प्रतीत होता है कि मनुष्य अपने लालच के कारण इस पृथ्वी पर किसी और को रहने ही नहीं देना चाहता है। वह किसी भी अन्य जैव संपदा, वन संपदा अथवा प्राकृतिक संपदाओं को कोई स्पेस ही नहीं देना चाहता है। वह सब कुछ नष्ट करने पर तुला हुआ है। पिछले तीन दशकों की इस तथाकथित विकास यात्रा में मानवीय दखलंदाजी के कारण लाखों जैव प्रजातियां और वनस्पतियां नष्ट हो गई हैं तथा लाखों अन्य प्रजातियों पर गहरा संकट मंडरा रहा है। अनेक पशु-पक्षी नष्ट हो चुके हैं। अब कहीं भी बाग-बगीचे और चिड़ियों की चहचहाहट यदा-कदा ही दिखाई पड़ती है। प्रकृति और जीवों के सहचर्य का क्या आनंद होता है, उसका कोई अहसास नई पीढ़ी को नहीं है। कुछ दशक पहले तक अनेक प्रकृति के कवि, लोकगीत और स्थानीय उत्सव हुआ करते थे। वे सभी अब इतिहास के अंग बन गए हैं। पक्षियों का कलरव और चिड़ियों की चहचहाहट अब सुनाई नहीं पड़ती। चिड़ियों की हजारों प्रजातियां नष्ट हो गई हैं। अनेक प्रयासों के बाद भी हम चिड़ियों, गौरैयों तथा अन्य आकर्षक पक्षियों को बचा नहीं सके हैं।

प्राचीन काल से ही यह चिड़िया मानव जाति की सहचरी रही है। उल्लास, स्वतंत्रता, परंपरा और संस्कृति की संवाहक गौरैया की संख्या दिनोंदिन घटती जा रही है। संख्या में लगातार गिरावट से शहरी जीवन और जैव विविधता के बीच एक बड़ा शून्य पैदा होता जा रहा है। झुंड में रहने वाली और चहचहाकर अपनी मौजूदगी का आभास कराने वाली यह चिड़िया विश्व के सभी हिस्सों में पाई जाती

है। बगीचों से लेकर खेतों तक हर जगह इनकी संख्या में गिरावट को देखते हुए इनको पंक्षियों की संकटग्रस्त प्रजाति की रेड सूची में शामिल किया गया है। भारत में प्राचीन जीवन पर्यावरण के अनुकूल होने के कारण पशु-पक्षियों और जीव-जंतुओं के घनिष्ठ आत्मीय संबंधों पर आधारित था। प्रत्येक घर में इनका वास होता था। सभी इनसे घर के सदस्यों की ही तरह प्रेम करते थे। घरों में धार्मिक कार्यक्रम और समारोहों में दीवारों पर चित्रकारी करने में फूल-पत्ती, पेड़ के साथ गौरैया चिड़िया के चित्र उकेरे जाते रहे हैं।

कई आदिवासी समुदायों की लोक कथाओं में इसका रोचक वर्णन मिलता है। महाराष्ट्र की वर्ली आदिवासी जाति की उत्पत्ति 2500-3000 ईसा पूर्व में मानी जाती है। इसी प्रकार उड़ीसा की सौरा आदिवासी, जिसका रामायण व महाभारत में उल्लेख सावरा के नाम से मिलता है, की लोक कलाओं में इसके चित्र बनाने की परंपरा मिलती है। उत्तर भारत की संस्कृति में यह चिड़िया इस तरह रची-बसी है कि प्रसिद्ध लेखिका महादेवी वर्मा ने कहानी गौरैया में कामना की है कि हमारे शहरी जीवन को समृद्ध करने के लिए गौरैया चिड़िया फिर लौटेगी। गौरैया उल्लास का प्रतीक है। इसी वजह से गांवों में फसलों के मौसम में इसके चित्र घरों की दीवारों पर बनाए जाते हैं। दक्षिण भारत के प्रमुख कवि सुब्रमण्यम भारती ने अपनी एक प्रसिद्ध रचना में गौरैया को स्वतंत्रता का प्रतीक माना है।

हमें चिड़िया और गौरैया को बचाने के लिए सघन प्रयास करने होंगे। प्रत्येक मनुष्य को इनकी उपयोगिता समझने की आवश्यकता है। छोटे-छोटे प्रयासों से इन शानदार प्रजातियों को नष्ट होने से बचाया जा सकता है। इनके संरक्षण के लिए नागरिकों को घर की छत या टेरेस पर अनाज के दानें डालने चाहिए। इसी प्रकार यदि घर में पर्याप्त स्थान हो, तो बागवानी की जानी चाहिए। पीने योग्य साफ जल खुले स्थानों में रखना चाहिए। घोसलों के स्थान पर पात्र में कुछ खाद्य पदार्थ भी रखे जा सकते हैं। हमें अपने वातावरण को स्वच्छ एवं स्वस्थ्य बनाए रखना चाहिए, ताकि यहां चिड़िया भी आनंदपूर्वक रह सके। घरों में अनावश्यक कीटनाशक का छिड़काव नहीं किया जाना चाहिए।

संपूर्ण भारत में चिड़ियों को अनेक नामों से पहचाना जाता है। इसका वैज्ञानिक नाम पेसर डोमिस्टिकस है। इसके अलावा इसके कई अन्य नाम यथा उर्दू में चिरया, सिंधी में झिरकी, पंजाब में चिरी, जम्मू-कश्मीर में चेर, पश्चिम बंगाल में

चराई पाखी, उड़ीसा में घराछातिया, गुजरात में चकली, महाराष्ट्र में चिमनी, तेलुगु में पिछुका तथा कन्नड़ में गुबाच्ची कहा जाता है। गौरैयों के तेजी से विलुप्त होने की संभावना बढ़ती जा रही है। इनकी संख्या अब काफी कम रह गई है। गौरैया की संख्या में कमी के कई कारण बताए जा रहे हैं। पेट्रोल के दहन से निकलने वाला मेथिल नाइट्रेट छोटे कीटों के लिए विनाशकारी होता है, जबकि यही कीट इनके चूजों का पसंदीदा भोजन होता है। मोबाइल फोन टॉवरों से निकलने वाली तरंगों में इतनी क्षमता होती है, जो अंडों को नष्ट कर सकती है। आधुनिक घरों का निर्माण इस तरह किया जा रहा है कि उनमें छज्जों, टाइलों और कोनों के लिए जगह ही नहीं है। यही स्थान इसके घोंसलों के लिए सबसे उपयुक्त होते हैं। शहरीकरण के नए दौर में घरों में बगीचों के लिए स्थान नहीं है। इन बगीचों में छोटे कीट पाए जाते थे, जो गौरैया और उनके बच्चों की खुराक बनते थे।

अभी पक्षियों को बचाने के प्रयास सरकारी स्तर पर ही अधिक चल रहे हैं। बिना समाज की सहभागिता और जागरूकता के चिड़ियों को बचाया जाना संभव नहीं होगा। हमें यह ध्यान रखने की आवश्यकता है कि छत्तीसगढ़ में राजकीय पक्षी का दर्जा मिलने के बावजूद पहाड़ी मैना को बचाया नहीं जा सका है। यह पहाड़ी मैना विलुप्ति के कगार पर है। हूबहू इंसान जैसे बोलने की उसकी दुर्लभ क्षमता ही उसकी दुश्मन साबित हुई है। विगत तीन दशकों में अनेक प्रयासों के बावजूद भी इनके प्रजनन की कोशिशें सफल नहीं हो सकी हैं। पहाड़ी मैना को पिंजरे में कैद कर मन बहलाने वालों ने उसे पाने की चाहत में आगे-पीछे कुछ नहीं सोचा। बस्तर के जंगलों से दूर देसी-विदेशी शहरों तक इसकी खरीद-फरोख्त का धंधा खूब चला।

छत्तीसगढ़ के अबूझमाड़, बैलाडिला, ओरक्षा, छोटे डोंगर, बारसूर और कुटमसरे की पहाड़ियां पहाड़ी मैना का प्राकृतिक वास हुआ करती थीं, लेकिन अब यह पहाड़ी मैना नजर नहीं आती। यह पहाड़ी मैना तोते की तरह नहीं बोलती। हथेलीभर जितनी छोटी यह चिड़िया कभी बस्तर के हरे-भरे पहाड़ों पर खूब मिलती थी। इसे सारिका, बस्तारिया मैना या पहाड़ी मैना कहते हैं। मैदानों में पाई जाने वाली कोंदी या गूंगी मैना से यह थोड़ी अलग है। इसके डैने पर एक सफेद चित्ता रहता है और आंखों के पीछे से गुद्दी तक फीते की तरह पीली खाल बढ़ती रहती है। इसकी विलक्षणता पर कोई भी सहज यकीन नहीं कर पाता। यह प्रत्येक

प्रकार की आवाज की हू-ब-हू नकल करने में सक्षम है। यह तोते की तरह अपनी आवाज में नहीं, बल्कि मनुष्यों की आवाज में बोलती है। इंसान की आवाज को उसी आरोह-अवरोह व ध्वनि बल से बोलने वाली इस पहाड़ी मैना की यही खूबी इसकी जान की दुश्मन बन बैठी है।

छत्तीसगढ़ का यह राजकीय पक्षी पिछले कुछ दशकों में बड़ी खामोशी से गुम हो गया। संरक्षण के तमाम उपाय नाकाफी साबित हुए। अब हालात इतने खराब हो चले हैं कि जगदलपुर के स्थित संरक्षण केंद्र में एक तंग पिंजरे में रखी इकलौती पहाड़ी मैना ने भी बोलना छोड़ दिया है। पहले वह चहक उठती थी और खूब बोलती थी, लेकिन अब यह अकेलेपन की शिकार है। इस मैना को जिस जगह पिंजरे में रखा गया है, वहां एक ओर हाइवे है, तो दूसरी ओर रेल लाइन। विशेषज्ञ मानते हैं कि इतने शोरगुल में मैना का प्रजनन व संरक्षण संभव ही नहीं।

पहाड़ी मैना का प्रजनन काल फरवरी से मई के बीच होता है। यह बैंगनी-गुलाबी रंग के अंडे देती है। मैना के प्रजनन के लिए अब जंगल के अंदर 50 लाख रुपए लागत का बड़ा पिंजरा बनाने की योजना बनाई गई है। हालांकि बड़ा पिंजरा बनाने की योजना तीन साल से चल रही है, जिस पर अब तक अमल नहीं हो पाया। जंगल में पहले कभी-कभी मैना की आवाज सुनाई दे जाती थी, अब तो इसे देखने के लिए पिंजरे तक ही जाना होगा। इसके संरक्षण की बहुत जरूरत है। गंभीर प्रयास तेजी से करने होंगे। यह कुदरत का अनमोल तोहफा है, इसके संरक्षण के लिए सभी को जागना होगा।

छत्तीसगढ़ में पहाड़ी मैना के संरक्षण तथा प्रजनन में अब तक 5 करोड़ रुपए खर्च करने के बाद भी अपेक्षित परिणाम हासिल नहीं हो सके हैं। इसके संरक्षण और प्रजनन की कोशिशें 1990 से की जा रही हैं। जगदलपुर के पिंजरे में रखी चार में से तीन मैना सर्पदंश का शिकार हो गई। अब अकेली मैना ही बची है। वन विभाग के अधिकारियों का कहना है कि कांगेर घाटी राष्ट्रीय उद्यान के जंगलों में कभी-कभार मैना का झुंड अब भी दिख जाता है। इसका वैज्ञानिक नाम-ग्रेकुला रिलिजियोसा पेनिनसुलारिस है। पहाड़ी मैना की दूसरी प्रजातियां श्रीलंका, चीन, फिलीपींस, थाइलैंड आदि देशों में भी पाई जाती हैं। थाइलैंड में मैना के प्रजनन की कोशिशें सफल रही थीं। इस कारण वहां के पक्षी वैज्ञानिकों को भी बस्तर बुलाया गया, लेकिन प्रजनन की कोशिशें यहां सफल नहीं हो पाईं।

पृथ्वी के उद्भव से लेकर आज तक करोड़ों जैव प्रजातियां और वन्य संपदाएं मिल-जुलकर इस पर्यावरण में पुष्पित-पल्लवित होती आ रही हैं। आज मानव के अंतहीन लालच के कारण प्रकृति का संतुलन नष्ट होता जा रहा है। पृथ्वी के लाखों वर्षों के इतिहास में पर्यावरण की इतनी क्षति मिलाकर नहीं हुई, जितनी मात्र पिछले दो दशकों में हुई है। मानव ने विकास के नाम पर सभ्यता के अंत का ही मानो निश्चय कर लिया है। मनुष्य का अंतहीन लालच पृथ्वी पर किसी अन्य जैव संपदा और वनस्पति को जीवित रहने नहीं दे रहा है। प्रतिदिन सैकड़ों जैव प्रजातियां और वनस्पतियां नष्ट हो रही हैं। पिछले एक दशक में कई लाख जैव प्रजातियां और करोड़ों पशु-पक्षी पूरी तरह नष्ट हो गए हैं। वन्य क्षेत्र छोटा होता जा रहा है। इस संपूर्ण विश्व में केवल मनुष्य, वाहन, प्लास्टिक उत्पाद और मकान ही बढ़ रहे हैं। यह तथाकथित विकास प्रकृति के विनाश की कीमत पर किया जा रहा है। प्रकृति के क्षरण के कारण तेजी से विश्व में खाद्यान्न संकट बढ़ रहा है।

प्रकृति ने मनुष्य को जो विविधतापूर्ण उत्पाद निःशुल्क प्रदान किए थे, मनुष्य ने उनका भी सम्मान नहीं किया है। प्रकृति द्वारा निःशुल्क प्रदान की गई हवा, जल, खाद्य पदार्थ, वनस्पतियां, औषधियां, लकड़ी तथा वनोपजों को मनुष्य ने दोनों हाथों से केवल लूटा है। उसने प्रकृति को वापस कुछ भी नहीं दिया है। न सम्मान, न स्नेह, न संरक्षण और न ही उचित पोषण। भारत जैसे देश गंभीर पर्यावरण संकट से जूझ रहे हैं। प्रत्येक नागरिक को इसके दुष्प्रभावों का सामना करना ही पड़ेगा। सबसे खराब दशा किसानों की हो रही है। आज उनके पास न पर्याप्त कृषि योग्य भूमि है और न ही पर्याप्त जल संसाधन। किसान आज भूखों मरने की कगार पर हैं। कभी सबसे अधिक सम्मान की दृष्टि से देखा जाने वाला कृषि क्षेत्र आज भारी उपेक्षा का शिकार है। नई पीढ़ी की कोई रूचि कृषि कार्यों में नहीं है। पश्चिमी उपभोक्तावाद की आंधी ने भारतीय कृषि क्षेत्र की सभी संभावनाओं और आशाओं को रौंद डाला है। अपनी अनंत समस्याओं को लेकर किसान आज उद्वेलित और आंदोलित दिखाई पड़ रहे हैं।

इसे लेकर हाल ही में देश की आर्थिक राजधानी मुंबई में किसानों का विशाल आंदोलन दिखाई पड़ा था। इस आंदोलन में 40 हजार किसानों और आदिवासियों ने शहर की सड़कों पर पैदल मार्च किया। इन किसानों की वेदना की एक लंबी

व्यथा-कथा है। महाराष्ट्र के नासिक, ठाणे और पालघर से जुटे इन किसानों की प्रमुख मांगें हर तरीके के कृषि ऋण की माफी, वन अधिकार अधिनियम लागू करना, कृषि उत्पादों के लिए लाभप्रद मूल्य तय करना तथा स्वामीनाथन आयोग के सुझावों को लागू करना है। नवंबर, 2004 में सरकार ने कृषि को संकट से उबारने और किसानों को राहत पहुंचाने का उपाय खोजने के लिए स्वामीनाथन आयोग का गठन किया। दिसंबर, 2004 से अक्टूबर, 2006 तक स्वामीनाथन आयोग ने तत्कालीन केंद्र सरकार को पांच रिपोर्टें सौंपी।

स्वामीनाथन आयोग की रिपोर्ट में यह तथ्य सामने आया कि आधे-अधूरे भूमि सुधार कार्यक्रमों, जल की कमी और खराब गुणवत्ता, तकनीकी खामियां, ऋण लेने में आने वाली परेशानियां, बिगड़ता मौसम चक्र और मुनाफा कमा पाने के लिए बिक्री के कम अवसरों के चलते किसान बदहाल हैं। आयोग ने सरकार को सुझाव दिया कि भूमिहीन किसानों को भूमि दी जाए। ग्रामीण भारत में आधे लोगों के पास कुल भूमि का केवल तीन प्रतिशत है, जबकि शीर्ष 10 प्रतिशत के पास 54 प्रतिशत भूमि है। प्रमुख कृषि भूमि और जंगलों को गैर-कृषि कार्यों के लिए कारपोरेट सेक्टर के हवाले न किया जाए।

आयोग का सुझाव था कि आदिवासी लोगों को जंगलों में जानवर चराने और सामान्य संपत्ति स्त्रोतों के इस्तेमाल की अनुमति दी जाए। नेशनल लैंड यूज एडवायजरी सर्विस का गठन किया जाए, जो आर्थिक, मौसम संबंधी और बाजार संबंधी बातों को ध्यान में रखते हुए किसी भूमि के इस्तेमाल का निर्णय देगी। कृषि भूमि को बेचने के लिए ऐसा तंत्र बने, जो इस बात पर ध्यान दे कि उस जमीन का कैसा इस्तेमाल होगा। कृषि उत्पादों के लिए उत्पादन की लागत से ऊपर 50 प्रतिशत मुनाफा देने वाला न्यूनतम समर्थन मूल्य तय किया जाए।

आयोग की रिपोर्ट आने के बाद भारत सरकार ने न्यूनतम समर्थन मूल्य को 2004 के मुकाबले 120 प्रतिशत बढ़ाया, मगर यह काफी नहीं रहा। किसान आत्महत्या करते रहे और ऋण की समस्या बड़ी होती गई। वर्ष 2014 में सुझावों को लागू करने का राजनैतिक दलों द्वारा वादा किया, तो किसानों में उम्मीद जगी। ऋण माफी तो हुई, लेकिन इसे राज्य स्तर पर ही लागू किया जा सका। इसे किसान अपर्याप्त मानते हैं। इस संदर्भ में वित्त मंत्रालय ने उत्पादन मूल्य के ऊपर 50 प्रतिशत न्यूनतम समर्थन मूल्य देने की बात कही। फिलहाल भारत सरकार

दो दर्जन से अधिक फसलों की कीमत तय करती है। नई नीति में धान, गेहूं या बाजरा जैसी महत्वपूर्ण फसलें शामिल नहीं हैं।

हमें अपने किसानों और कृषि क्षेत्र को बचाना ही होगा। इसके लिए हमें हरसंभव प्रयत्न करना चाहिए। प्रत्येक नागरिक को इस संदर्भ में अपना अधिकतम योगदान और सक्रिय सहभागिता देनी होगी। भारत सदैव से ही एक कृषि प्रधान देश रहा है। कृषि क्षेत्र का सम्मान किए बिना भारत न तो अपनी विशाल जनसंख्या की आवश्यकताओं की पूर्ति कर सकता है और न ही एक संतुलित आर्थिक विकास की अवस्था को ही प्राप्त कर सकता है। पूर्व राष्ट्रपति प्रणब मुखर्जी ने एक बार कहा था कि भारत का वास्तविक वित्त मंत्री मानसून है। सहजता से कही उनकी इस बात के बहुत गूढ़ मायने हैं। मानसून देश की आर्थिक, सामाजिक, सांस्कृतिक और लोकाचार गतिविधियों में रचा-बसा है। चार महीने के दौरान दक्षिण-पश्चिम मानसून धरती पर इतना पानी उड़ेल देता है कि अगर हम उसी को सहेज लें, तो साल भर मन भर पिएं और जिएं। पानी की किल्लत किसी भी रूप में नहीं हो सकती है।

बारिश की इन अमृत बूंदों से अपने कुएं, तालाब, पोखर और नदियों को लबालब कर लें, साथ ही इसे धरती की कोख में पहुंचाकर भूजल स्तर को भी ऊपर उठा दें, तो बाकी के आठ महीने हमें बाल्टी लेकर इधर से उधर नहीं भटकना पड़े। यकीन मानिए, साल भर देश में होने वाली कुल बारिश का 80 प्रतिशत हिस्सा केवल चार महीने के मानसूनी सीजन में जब बरसता है, तो चहुंओर जल ही जल दिखता है। इस तस्वीर से हम बाकी के आठ महीने की किल्लत वाले दिनों का अक्स नहीं तलाश पाते हैं। लिहाजा इन बूंदों को सहेजने का कोई उपक्रम नहीं करते। इस लापरवाही से उबरकर अपनी धरती, अपने कुएं, तालाबों, पोखरों, बावड़ियों और नदियों के लिए जलदान करना ही जलसंकट का एकमात्र निदान है।

9

आओ, सभी जिम्मेदार बनें

एक जिम्मेदार नागरिक होने के चलते हम सबके राष्ट्र के प्रति तमाम कर्तव्य हैं। इन दायित्वों की पूर्ति के लिए न तो हमें धन खर्च करना पड़ता है और न ही इसमें हमारा कीमती वक्त ही बर्बाद होता है। अनेक ऐसे छोटे-छोटे सहज कदम हैं, जिन्हें कोई भी उठाकर देश के प्रति अपनी कृतज्ञता जता सकता है। राष्ट्र के निर्माण में अपना योगदान कर सकता है। ऐसा ही एक प्रयास है, कूड़ा न फैलाने की आदत विकसित करना। यह बात सुनने में तो बहुत सहज लगती है, लेकिन जिम्मेदार और पढ़े-लिखे व्यक्ति भी इस पर अमल नहीं करते। इस आदत के परिणामों का दायरा बहुआयामी है। स्वास्थ्य, पेयजल, साफ-सफाई, गंदगी, पर्यटन, संस्कृति सभी क्षेत्रों में व्यापक असर डालने वाले इस छोटे से कदम की जरूरत से दुनिया गुंजायमान है। भारत सरकार ने इसे अभियान स्तर पर ले रखा है। स्वच्छ भारत अभियान प्रधानमंत्री का महत्वाकांक्षी अभियान है। इस अभियान का सूत्र वाक्य यह है कि अगर हम न्यूनतम कूड़ा पैदा करें और उसे सही जगह विसर्जित करें, तो कूड़े की समस्या अपने आप साफ हो जाएगी।

जब हम प्रकृति प्रेमी बनेंगें, तो स्वच्छता का लक्ष्य प्राप्त करना आसान हो जाएगा। आज ग्लोबल वार्मिंग की भयावह समस्या से हम सभी परिचित हैं। शहरों के प्रदूषण, नदियों के प्रदूषण, प्राकृतिक आपदाओं, ऋतु चक्र में बदलाव आदि से हम दो-चार हो रहे हैं। सब प्रकृति के तिरस्कार का परिणाम है। केवल चिंता से अब काम चलने वाला नहीं है। चिंता से अधिक अब कर्म की आवश्यकता है। पौधरोपण करने की आदत विकसित की जानी चाहिए। प्रत्येक व्यक्ति को जल संरक्षण के प्रति सचेष्ट होना चाहिए। जैव विविधता को बचाना हम सभी का मौलिक दायित्व होना चाहिए। प्रकृति से तादात्म्य स्थापित करने वाली नैसर्गिक वस्तुओं का ही इस्तेमाल किया जाना चाहिए। उपभोक्तावाद को सीमित करते हुए

हमें तर्कसंगत ढंग से कुशल और मितव्ययतापूर्ण उपभोग की आदत विकसित करनी चाहिए।

आज हमारा पर्यावरण तेजी से नष्ट हो रहा है। वैश्विक कार्बन उत्सर्जन में भारत की हिस्सेदारी 6.81प्रतिशत है, जो इसे विश्व में तीसरा सबसे बड़ा कार्बन उत्सर्जन करने वाला देश बनाता है। पर्यावरण को स्वच्छ रखने के लिए दो अक्टूबर, 2014 को प्रधानमंत्री नरेंद्र मोदी ने स्वच्छ भारत मिशन की शुरुआत की। इसके अंतर्गत ग्रामीण इलाकों में 2019 तक देश को खुले में शौच से पूर्णरूप से मुक्त किया जाना है। अब तक इस योजना के तहत देश में 5.85 करोड़ शौचालय बनाए गए हैं। देश के नौ राज्य खुले में शौच से मुक्त हो चुके हैं। अभियान के बाद पूरे देश में स्वच्छता का दायरा 62.45 प्रतिशत बढ़ा है।

नदियों के संरक्षण के लिए भारत सरकार ने अनेक योजनाएं शुरू की हैं। नमामि गंगे परियोजना इन सभी में सबसे अहम है। कुल 2,525 कि.मी. लंबी गंगा को निर्मल और अविरल करने के लिए भारत सरकार ने वर्ष 2014 में इस नमामि गंगे कार्यक्रम के लिए 20 हजार करोड़ रुपए आवंटित किए। मार्च 2017 तक इसके तहत लगभग साढ़े सात हजार करोड़ रुपए खर्च किए जा चुके हैं। भविष्य में लगभग सौ करोड़ रुपए से केदारनाथ, हरिद्वार, कानपुर, वाराणसी, इलाहाबाद, पटना, दिल्ली में घाटों का निर्माण और सौंदर्यीकरण किया जाना है। वर्ष 2020 तक इसका लक्ष्य है। इससे नए सीवेज ट्रीटमेंट प्लांट का निर्माण, सफाई योजनाएं, जल प्रदूषण से निपटने जैसे कार्य किए जाने हैं। सरकार ने वर्ष 2016 में सात राज्यों में पहले चरण का 231 परियोजनाओं के साथ शुभारंभ किया।

अक्टूबर, 2017 में सरकार ने सात सौ करोड़ की आठ योजनाएं भी स्वीकृत कर ली हैं। सभी योजनाएं शीघ्र पूरी होने की संभावना व्यक्त की जा रही है। जल्द ही इन योजनाओं का दूसरा चरण भी अमल में लाया जा सकता है। दिसंबर, 2017 में गंगा ग्राम योजना का शुभारंभ कर दिया गया है। इसके जरिए उत्तराखंड, उत्तर प्रदेश, बिहार, झारखंड और पश्चिम बंगाल में गांव चिह्नित किए गए। इन चुने गए 1,674 ग्राम पंचायतों में शौचालयों का निर्माण होना है। इस कार्य के लिए 578 करोड़ रुपए भी जारी कर दिए गए हैं। केंद्र और राज्य सरकारों ने मिलकर 24 ऐसे गांवों की पहचान की है, जिन्हें 'गंगा ग्राम' बनाने के लिए पायलट परियोजना के तहत लिया जाएगा। सरकार देश में वर्षा जल संचयन के

लिए कृत्रिम संरचनाएं तैयार करने की दिशा में भी काम कर रही हैं। सरकार ने इसके लिए मास्टर योजना तैयार की है। इसके तहत करीब 80 हजार करोड़ रुपए से ग्रामीण इलाकों में 23 लाख और शहरी इलाकों में 88 लाख ऐसी संरचनाएं तैयार करने की योजना है।

प्यास लगने पर ही पानी की कीमत का अहसास होता है। इस अतुलनीय प्राकृतिक संसाधन का कहीं कोई विकल्प नहीं है। वास्तव में जल ही जीवन है। बिना जल के यह सृष्टि कायम ही नहीं रह सकती। अमृत भी प्यासे का गला तर करने की सामर्थ्य नहीं रखता। यह शक्ति तो केवल जल में ही है। ऐसे अनमोल प्राकृतिक संसाधन पानी की किल्लत अगर पूरे वर्ष भर की अर्थात बारहमासी बन चुकी है, तो इसके लिए हम सब जिम्मेदार हैं। जरूरत से ज्यादा इस्तेमाल ही नहीं, हम सब पानी का अपव्यय करते हैं। हमारे दिलोदिमाग में यही बात घर कर गई है कि अकेले हमारे बचाने से क्या होगा? उस समय हम भूल जाते हैं कि बूंद-बूंद से ही सागर बनता है और अच्छी शुरुआत कहीं से और किसी से भी हो सकती है। देश में जल उपलब्धता, जल संरक्षण और नदियों की सफाई के लिए अनेक महत्वपूर्ण योजनाएं चल रही हैं।

वर्तमान समय में पृथ्वी पर मौजूद जल की मात्रा 1.38 अरब घन कि.मी. है। इसमें उपलब्ध स्वच्छ भूजल 1.05 करोड़ घन कि.मी. है। वर्ष 1951 में प्रति व्यक्ति जल उपलब्धता 5,177 करोड़ घन कि.मी. थी। वर्ष 2025 तक प्रति व्यक्ति जल उपलब्धता 1,341 घन मीटर होने का अनुमान है। उपलब्ध जल में खारा जल 97.5 प्रतिशत है, जबकि उपलब्ध स्वच्छ जल 2.5 प्रतिशत है। मौजूद नदी जल 2,120 घन कि.मी. है। वर्षा के माध्यम से वार्षिक औसत जल उपलब्धता 4,000 अरब क्यूबिक मीटर है। सरकार द्वारा देशभर में भूजल के बारे में अधिक जानकारी जुटाने और उसे बचाने के लिए नेशनल एक्विफायर मैनेजमेंट परियोजना चलाई जा रही है। यह हेलीबोर्न जियोफिजिकल सर्वे सिस्टम पर आधारित है। इस तकनीक वाला भारत सातवां देश है।

इस संदर्भ में पहले चरण में आंध्र प्रदेश, गुजरात, हरियाणा, कर्नाटक, पंजाब, राजस्थान, तमिलनाडु, तेलंगाना को शामिल किया गया है। यहां भूजल की स्थिति काफी खराब है। वहीं बिहार, राजस्थान, महाराष्ट्र, कर्नाटक और तमिलनाडु के छह स्थानों में मैपिंग हो चुकी है। वर्ष 2017-2022 के बीच इसके तहत

14 लाख वर्ग कि.मी. क्षेत्रफल में मैपिंग किए जाने का लक्ष्य है। इसके अलावा जल संरक्षण की दिशा में सरकार अटल भूजल योजना पर काम कर रही है। इसके लिए करीब छह हजार करोड़ रुपए के बजट की तैयारी है। सरकार इस योजना को अमलीजामा पहनाने के लिए विश्व बैंक से भी बातचीत कर रही है। इसके तहत देश में भूजल संरक्षण को लेकर कई प्रोजेक्ट बनाए जाने हैं। साथ ही लोगों को जागरूक भी करने की मुहिम इसमें शामिल होगी।

वर्ष 2017 में गंगा और यमुना को बढ़ते प्रदूषण से बचाने और जल संरक्षण के उद्देश्य के लिए राष्ट्रीय हरित अधिकरण (एनजीटी) ने गंगा किनारे बसे हरिद्वार और ऋषिकेश से लेकर उत्तरकाशी तक के शहरों और कस्बों में प्लास्टिक की थैलियों तथा प्लास्टिक से ही बने कप, प्लेट, गिलास व चम्मच पर प्रतिबंध लगा दिया था। इन डिस्पोजल आइटमों के प्रयोग, उत्पादन, बिक्री एवं भंडारण को दंडनीय बनाया। साथ ही हरिद्वार से उन्नाव के बीच गंगा किनारे सौ मीटर तक के क्षेत्र को नो डेवलपमेंट जोन घोषित किया। गंगा किनारे से पांच सौ मीटर की दूरी तक कूड़ा निस्तारण पर भी रोक लगाई। वर्ष 2018 में इस आदेश के क्रियान्वयन से बेहतर परिणाम सामने आ सकते हैं।

राष्ट्रीय जल अभियान के अंतर्गत जल संरक्षण, लोगों को इसके लिए जागरूक करने, संवेदनशील क्षेत्रों की पहचान और जल के कुशलतम इस्तेमाल को 20 प्रतिशत तक बढ़ाना, इसका उद्देश्य है। इस साल इस अभियान के अंतर्गत 20 प्रतिशत जल संरक्षण सुनिश्चित किया जा सकता है। इसके और आगे बढ़ने के भी आसार हैं। जल का प्रभावी तरीके से इस्तेमाल, नियंत्रण और नियमन के लिए एक नेशनल ब्यूरो ऑफ वाटर यूज एफिशियंसी की स्थापना का प्रस्ताव है। इस स्वायत्त संस्था के जरिए विभिन्न क्षेत्रों द्वारा जल के कुशलतम प्रयोग को तय किया जा सकेगा। यह जल की बर्बादी को कम करने के लिए भी कार्य करेगी। इस साल इसके गठन संबंधित दिशा में पहल हो सकती है।

भारत के कई क्षेत्र गंभीर रूप से सूखे की मार झेल रहे हैं। बुंदेलखंड सबसे अधिक संकटग्रस्त क्षेत्र दिखाई पड़ रहा है। यहां के खेत सिंचाई के साधनों से वंचित होते जा रहे हैं। कई दशकों से सिंचाई की समस्या से जूझ रहे बुंदेलखंड को संजीवनी तभी मिल सकती है, जबकि यहां नदियों को पुनर्जीवन दिया जाए। यह अच्छी बात है कि अब इसके लिए गंभीरता से शुरुआत हुई है। नदियों को

एक-दूसरे से जोड़कर ही इस क्षेत्र में पानी का संकट दूर किया जा सकता है और भारतीय सर्वेक्षण विभाग ने यहां की सभी नदियों का ग्रेविटी लेवल नापकर तकनीकी दिशा में कदम बढ़ाए हैं। विशेषज्ञों का मानना है कि नदियों को एक-दूसरे से जोड़ने के लिए ग्रेविटी लेवल बरकरार करके ही पानी की आपूर्ति की जा सकती है। वस्तुतः उत्तर प्रदेश और मध्य प्रदेश के संयुक्त प्रयास से ही इस बड़े काम को अंजाम दिया जा सकता है। दोनों सरकारें यहां की प्रमुख नदी केन, बेतवा गठजोड़ के लिए सैद्धांतिक तौर पर सहमत भी हैं। ऐसा होने पर बेतवा में पूरे वर्ष पानी रहेगा, जो न सिर्फ भूगर्भ जलस्तर के लिए उपयोगी साबित होगा, बल्कि माइनरों से किसान खेतों की सिंचाई भी कर सकेंगे।

बुंदेलखंड में सिंचाई का वर्तमान में हाल यह है कि अकेले हमीरपुर जिले में ही लगभग डेढ़ लाख हेक्टेयर भूमि की फसल मानसूनी बारिश पर निर्भर है। केंद्र और प्रदेश सरकार ने किसानों का जीवन स्तर उठाने के प्रति अपनी प्रतिबद्धता के तहत ही सिंचाई पर ध्यान केंद्रित किया है। वन ड्राप, मोर क्राप अभियान के तहत केंद्र सरकार की अरसे से अटकी सरयू नहर परियोजना, बाण सागर, मध्य गंगा नहर परियोजना व बुंदेलखंड क्षेत्र की अर्जुन सहायक जैसी परियोजनाओं को वर्ष 2019 तक पूरा करने के लिए बजट में प्राथमिकता दी गई है। इसके साथ ही गोमती सहित छह नदियों को पुनर्जीवित किया जाना भी सरकार की प्राथमिकता में है। गोमती नदी के उद्गम स्थल पीलीभीत से पुनर्जीवित करने का कार्य होगा।

वास्तव में जलसंकट मानव अस्तित्व के लिए भी एक व्यापक संकट है। दरअसल, पानी की इस किल्लत के लिए हम सभी जिम्मेदार हैं। विगत कुछ दशकों में हमने इसे जमकर बर्बाद किया है। हमें लगता है कि सब कुछ ऐसे ही चलता रहेगा। अगर पानी के लिए तीसरे विश्वयुद्ध की बात की जा रही है, तो अनायास नहीं है। मौजूदा पीढ़ी का समय तो जैसे-तैसे कट भी जाएगा, लेकिन आने वाली पीढ़ियां पेयजल के लिए तरसती दिखाई पड़ेंगी। इतने व्यापक संकट के बावजूद आज भी हम मात्र साल में एक बार 22 मार्च को जल दिवस मनाकर अपने कर्तव्यों की इतिश्री कर लेते हैं। अंतर्राष्ट्रीय स्तर पर जल दिवस मनाते हुए एक-चौथाई सदी बीत गई है, किंतु हम मानव समाज को जल संपदा के संरक्षण के प्रति जागरूक करने में असफल ही रहे हैं। जल दिवस मनाने का उद्देश्य यह था कि लोग इस दिवस से कुछ सीख लेकर अपने अस्तित्व के लिए पानी

का अस्तित्व बरकरार रखेंगे। जल संरक्षण के लिए सबको एक साथ आगे आना होगा। वर्ष 2018 में जल दिवस की थीम 'नेचर फॉर वाटर' निर्धारित की गई थी। इस समस्या का ऐसा समाधान खोजना, जो प्रकृति पर ही आधारित हो। सुरक्षित पेयजल सेवाओं से विश्व की 2.1 अरब आबादी वंचित है। विश्व में सुरक्षित साफ-सफाई सेवाओं से 4.5 अरब लोग वंचित हैं। विश्व में हर साल पांच साल से कम आयु के 3.4 लाख बच्चों की डायरिया से मौत हो जाती है।

जुलाई, 2010 में संयुक्त राष्ट्र महासभा ने एक प्रस्ताव पारित करके विश्व के हर व्यक्ति को पानी का अधिकार दिया। इसके तहत प्रत्येक व्यक्ति को अपनी और घरेलू जरूरतों को पूरा करने के लिए पर्याप्त मात्रा में पानी सुलभ होना चाहिए। इसके लिए प्रति व्यक्ति प्रतिदिन के लिए 50 से 100 लीटर पानी का मानक तय किया गया है। यह पानी साफ, स्वीकार्य और सस्ता होना चाहिए। परिवार की आय के तीन प्रतिशत से ज्यादा पानी की कीमत नहीं होनी चाहिए। पानी का स्रोत व्यक्ति के घर से 1000 मीटर से ज्यादा दूर नहीं होना चाहिए। पानी एकत्र करने के लिए 30 मिनट से ज्यादा समय नहीं लगना चाहिए। प्रदूषित पानी और प्राथमिक साफ-सफाई के अभाव में विश्व के गरीब देशों में बीमारी और बदहाली और तेजी से बढ़ रही है। विश्व में 2.3 अरब लोगों के पास शौचालय जैसे स्वच्छता के प्राथमिक संसाधन नहीं हैं। कतिपय अंतर्राष्ट्रीय अध्ययन भी इस ओर इशारा कर चुके हैं कि अगर साफ-सफाई को बेहतर बनाने के लिए एक डॉलर का निवेश किया जाता है, तो इससे 9 डॉलर का रिटर्न मिलता है।

संपूर्ण विश्व में जल संकट गहराता जा रहा है। ऐसा माना जा रहा है कि भविष्य में पानी को लेकर वैश्विक संघर्ष छिड़ सकता है। भारत में भी जलसंकट गहराता जा रहा है। आज पूरे देश में 90 से ज्यादा शहर ऐसे हैं, जो बेपानी हो गए हैं। इनकी हालत घोर जलसंकट का सामना कर रहे अफ्रीका के केपटाउन से भी ज्यादा खतरनाक हो गई है। ये बेपानी होकर लोगों के जीवन में बीमारी, लाचारी और बेकारी बढ़ा रहे हैं। बारहमासी बन चुका जल संकट समाज की उस खामी का संकेत देता है, जिसमें किसी भी समस्या के खिलाफ खड़े होने की उसमें स्वप्रेरित स्फूर्त होती थी। आज ऐसा लगता है जैसे समाज की स्वावलंबन की विचाराधारा खत्म हो गई है और वह सरकार सापेक्षी बन गया है। हमारी

राजनैतिक व्यवस्था भी गंभीर मुद्दों के प्रति समाज को जागरूक और आंदोलित नहीं कर पा रही है। इससे समाज परावलंबी होकर अपने धर्म, उत्तरदायित्व और कर्तव्यों को भूलता जा रहा है। यदि नागरिक समाज स्वयं जल संरक्षण और उसका अनुशासित उपयोग करना नहीं सीखेगा, तो अगले एक दशक में स्थिति बहुत जटिल हो जाएगी।

अकर्मण्यता और अज्ञानता के कारण जब समाज की जल उपयोग दक्षता खत्म हो जाती है, तो वह समाज केवल सरकार की तरफ देखने में जुट जाता है। इसलिए भारत आज पूर्णतः बेपानी बनने के रास्ते पर चल पड़ा है। शहरों को पानीदार बनाने की सरकार में प्रतिबद्धता और सद्इच्छा नजर नहीं आ रही है। जल संकट के खिलाफ हमारे राज और समाज दोनों को मिलकर तुरंत प्रभाव से खड़े होने की आवश्यकता है। यदि अभी हम नहीं जागे, तो हम बेपानी तो होंगे ही, लेकिन हमारी हालत सीरिया से ज्यादा बदतर होगी। भारत सीरिया न बने, इसके लिए बारिश के जल का सभी शहर संरक्षण करें और अनुशासित होकर जल उपयोग दक्षता बढ़ाएं। देश को जल का सम्मान, कम उपयोग, धरती से हम जितना लेते हैं, उससे ज्यादा वापस लौटाने, जल का परिशोधन, पुनर्उपयोग और जल से प्रकृति को पुनर्जीवित करके सभी नदियों को शुद्ध सदानीरा बनाने का संकल्प लेना होगा। यह संकल्प तभी पूरा होगा, जब हम सब मिलकर धरती से जल निकालने का काम कम करें। जल भरने का काम अधिक करें। जब हम धरती के साथ जल के लेन-देन का सदाचारी व्यवहार करेंगे, तो इस देश का कोई भी शहर बेपानी नहीं होगा। आज हम जल के सदाचार और सम्मान को भूल गए हैं।

जल संकट आज एक वैश्विक समस्या है। प्राकृतिक संसाधनों के अंधाधुंध दोहन और गैरजिम्मेदार ढंग से बढ़ती मानव आबादी के कारण जलस्रोतों पर बहुत अधिक दबाव पड़ रहा है। भूजल का स्तर दिनोंदिन नीचे जा रहा है। प्रदूषण के कारण कई नदियां और परंपरागत जलस्रोत तेजी से समाप्त हो रहे हैं। विश्व के कई देशों में आज पानी एक दुर्लभ संपदा बन चुका है। दक्षिण अफ्रीका के कई शहर गंभीर जल संकट से जूझ रहे हैं। केपटाउन की स्थिति सबसे अधिक दयनीय हो गई है। शहर में पानी खत्म होने को लेकर केपटाउन में काउंटडाउन चल रहा है। माना जा रहा है कि अगले कुछ महीनों में दक्षिण अफ्रीका के इस सबसे धनी शहर के नल सूख जाएंगे।

इस शहर को पानी प्राकृतिक रूप से वर्षा के माध्यम से प्राप्त होता है। इसके छह जलाशय बारिश के पानी से भरते हैं, लेकिन वर्ष 2015 के बाद जलवायु परिवर्तन के चलते यहां बारिश बहुत कम होने लगी है। इससे ये जलाशय खाली रह गए। पर्यावरण से जुड़ी 'डाउन टू अर्थ' पत्रिका का एक अध्ययन बताता है कि विश्व के कम से कम 200 शहर ऐसे हालात से जूझ रहे हैं। भारत के बेंगलुरु में गैरनियोजित शहरीकरण और अतिक्रमण से यहां के जल निकायों में 79 प्रतिशत कमी आ गई है, जबकि शहर का आकार 1973 से अब तक 77 प्रतिशत बढ़ गया है। दो दशकों में जलस्तर 76-91 मीटर नीचे चला गया है। उसी प्रकार चीन के बीजिंग में 200 नदियां नक्शे में हैं, लेकिन सब सूख चुकी हैं। तीन दशक से लोग भूजल के भरोसे जी रहे हैं। भूजल एक मीटर प्रति साल की दर से गिर रहा है और प्रदूषित हो रहा है।

मेक्सिको सिटी को 700 वर्षों से 'वेनिस ऑफ द न्यू वर्ल्ड' कहा जाता था। तैरते हुए बगीचे यहां की शान हुआ करते थे। अब ये न झील है और न पानी। भूजल पर अत्यधिक दबाव से 40 सें.मी. प्रति साल पानी का स्तर गिर रहा है। यमन का साना शहर भूजल की आखिरी बूंद चूस लेने के बाद दूसरे विकल्पों की ओर देख रहा है। पिछली सदी के आखिरी दिनों में जलस्तर 150 मीटर नीचे पहुंच गया। अनुमान लगाया जा रहा है कि वर्ष 2019 में शहर बेपानी हो जाएगा। केन्या का नैरोबी शहर पानी के लिए भूजल पर आश्रित है। करीब 75 प्रतिशत आबादी तीन गुना अधिक कीमत में पानी खरीदकर पीते हैं। तुर्की के इस्तांबुल में वर्ष 2020 तक मांग और आपूर्ति के बीच 60.7 करोड़ घनमीटर पानी का अंतर हो सकता है। पाकिस्तान के कराची शहर की जरूरत का 50 प्रतिशत की ही आपूर्ति हो पाती है। पांच प्रतिशत की दर से आबादी बढ़ रही है। प्रदूषित पानी से जलजनित बीमारियां बढ़ी हैं।

स्वच्छ जल और स्वच्छ पर्यावरण की ही भांति स्वच्छ ऊर्जा उत्पादन भी हमारी प्राथमिकता होनी चाहिए। भारत सरकार इस दिशा में चिंतनशील दिखाई पड़ रही है। वर्ष 2022 तक 175 गीगावाट नवीकरणीय ऊर्जा उत्पादन का लक्ष्य है। वर्ष 2016-17 में पवन ऊर्जा उत्पादन 5,500 मेगावाट बढ़ा है। तीन साल में सौर ऊर्जा क्षमता में 370 प्रतिशत की वृद्धि हुई है। वर्ष 2014-17 के बीच 1.1 लाख सौर ऊर्जा चालित पंप लगाए गए। वर्ष 2021-22 तक सौर

ऊर्जा उत्पादन का लक्ष्य 20-100 मेगावाट है। वर्ष 2022 तक सोलर रूफटॉप योजना से उत्पादन का लक्ष्य 40 गीगावाट है। कचरे से 88.4 मेगावाट बिजली उत्पादन का लक्ष्य तय है। इसी प्रकार वर्ष 2017-18 में सौर ऊर्जा उत्पादन लक्ष्य 15,000 मेगावाट है, जबकि वर्ष 2018-19 में यह लक्ष्य 16 हजार मेगावाट का है। वहीं पवन ऊर्जा का उत्पादन लक्ष्य वर्ष 2017-18 में 4,600 तथा वर्ष 2018-19 में 5,200 मेगावाट का है। जैव ऊर्जा का वर्ष 2017-18 में 750 व वर्ष 2018-19 में 850 मेगावाट का है। इसके अलावा छोटे हाइड्रो पॉवर का उत्पादन लक्ष्य वर्ष 2017-18 व वर्ष 2018-19 में 100-100 मेगावाट निर्धारित किया गया है। वर्ष 2015 में भारत ने विश्व में सौर ऊर्जा को बढ़ावा देने के लिए अंतर्राष्ट्रीय सौर गठबंधन की स्थापना की। भारत सरकार की इस पहल से अब तक इसमें 121 देश जुड़ चुके हैं। वर्ष 2016 में गुरुग्राम में इसके मुख्यालय की आधारशिला रखी गई।

पर्यावरण प्रदूषण पर नियंत्रण के उद्देश्य से देश में अनेक प्रयास किए जा रहे हैं। इन प्रयासों के अंतर्गत राजधानी दिल्ली में बीएस-4 की बजाय बीएस-6 मानक वाले पेट्रोल और डीजल की बिक्री शुरू है। पहले इसे पूरे देश में एक अप्रैल, 2020 से लागू करना था, लेकिन इसे दो साल पहले ही दिल्ली में अनिवार्य किए जाने की घोषणा कर दी। पेरिस समझौते के तहत भारतीय प्रधानमंत्री द्वारा कार्बन उत्सर्जन में कमी के लिए जताई गई प्रतिबद्धता के तहत यह कदम उठाया जा रहा है। बीएस-6 को दिल्ली के बाद अन्य महानगरों में इसे अनिवार्य किया जा सकता है। इस मानक वाले ईंधन में पर्यावरण को नुकसान पहुंचाने वाले तत्व सबसे कम होते हैं।

जलवायु परिवर्तन की चुनौती को देखते हुए वैश्विक स्तर पर भविष्य में भारत की भूमिका बढ़ सकती है। पेरिस जलवायु समझौता संयुक्त राष्ट्र के नेतृत्व में 12 दिसंबर, 2015 को पेरिस में हुआ था। इसमें 197 देशों ने हस्ताक्षर किए और 172 देश इसे अनुमोदित कर चुके हैं। पर्यावरण बचाने के प्रयास वर्ष 2020 से शुरू किए जाने हैं। इसके तहत वैश्विक औसत तापमान में बढ़ोतरी को दो डिग्री सेल्सियस के अंदर रोकने का लक्ष्य है। दो अक्टूबर, 2016 को कार्बन उत्सर्जन 30 से 35 प्रतिशत कटौती 2030 तक करने को भारत ने प्रतिबद्धता जताई है। इसी प्रकार 40 प्रतिशत बिजली गैर जीवाश्म ईंधन से बनेगी। वर्ष 2030 तक देश

में वन क्षेत्र को 50 लाख हेक्टेयर तक बढ़ाया जाएगा। वर्ष 2017 में अमेरिका के इस समझौते से पीछे हटने के बाद इस दिशा में प्रभावी पहल के लिए यह साल भारत के लिए उपयुक्त रहेगा।

देश का सालाना कार्बन उत्सर्जन 24.54 लाख किलोटन है। देश का वन क्षेत्र 7.01 करोड़ हेक्टेयर है। कुल भौगोलिक क्षेत्र में वन क्षेत्र 21.34 प्रतिशत है। वर्ष 2020 तक वन क्षेत्र में 20-30 प्रतिशत की बढ़ोतरी होने की उम्मीद है। सरकार द्वारा पेड़ लगाने को लेकर राष्ट्रीय स्तर पर अभियान चलाए जाते हैं। स्वच्छ ऊर्जा उत्पादन में वर्ष 2015-16 में 6.47 प्रतिशत, वर्ष 2016-17 में 24.46 प्रतिशत तथा वर्ष 2017-18 नवंबर 2017 तक 17.04 प्रतिशत की वृद्धि हुई है। मौजूदा कुल स्वच्छ ऊर्जा उत्पादन 62.05 गीगावाट है, जबकि पवन ऊर्जा 32.75 गीगावाट, सौर ऊर्जा 16.61 गीगावाट, जैव ऊर्जा 8.29 गीगावाट तथा छोटे हाइड्रो 4.40 गीगावाट उत्पादन होता है। स्वच्छ ऊर्जा के अधिकाधिक उत्पादन के लिए हमें अपने प्राकृतिक संसाधनों को संरक्षित और विस्तृत करना होगा। प्राकृतिक संसाधनों का दायरा और क्षेत्र बढ़ाए बिना हम बढ़ती हुई आबादी और औद्योगिक व्यवस्था की ऊर्जा मांगों को पूरा नहीं कर सकते।

भविष्य में सामने आने वाली चुनौतियों से निपटने के लिए हमें तेजी से वन्य क्षेत्र में विस्तार करना होगा। यदि वनों के आकार में कमी आई, तो इससे पर्यावरण समस्याएं और अधिक बढ़ेंगी। आदिकाल से हम वनों के महत्व को स्वीकार करते आ रहे हैं। जिस प्रकार संपूर्ण विश्व की मानव सभ्यताओं और संस्कृति को ग्रामीण संस्कृति अथवा शहरी संस्कृति के रूप में विभाजित किया जाता रहा है, उससे बिल्कुल अलग हटकर भारतीय सभ्यता और संस्कृति वास्तव में हमारी 'अरण्य संस्कृति' तथा वन्य परंपराएं रही हैं। यह अत्यंत दुर्भाग्य का विषय है कि भारत के इतिहास की महानतम गाथाओं और उपलब्धियों के प्रतीक रहे वनों को आज हम उपभोक्तावाद की चकाचौंध में पड़कर भूलते जा रहे हैं। वृक्ष और वन्य संपदा सदैव मनुष्य को प्रतिक्षण कुछ न कुछ देती ही रहती है। एक पेड़ अपने पूरे जीवनकाल में हर तरह से मनुष्य के काम आता है। भोजन प्रदान करने, छांव देने, घर बनाने को लकड़ी देने से लेकर सांस लेने के लिए जीवनदायिनी ऑक्सीजन भी देता है। आपके आसपास जितने अधिक पेड़, उतना कम प्रदूषण। इसके बावजूद आधुनिकता की अंधाधुंध दौड़ में जंगलों की कटाई तेजी से जारी है।

वर्ष 2016 में कुल 7.3 करोड़ एकड़ वन क्षेत्र का खात्मा हुआ। वनों को बचाने और धरती को हरा-भरा बनाए रखने के लिए लोगों को जागरूक करने के उद्‌देश्य से हर साल आज के दिन अंतर्राष्ट्रीय वन दिवस मनाया जाता है। धरती के कुल भूभाग पर वनों की हिस्सेदारी एक तिहाई है। जीवनयापन के लिए वनों पर आश्रित वैश्विक आबादी करीब 1.6 अरब है। जीव-जंतु और वानिकी की कुल प्रजातियों में से 80 प्रतिशत वनों में मौजूद हैं। संयुक्त राष्ट्र इस दिशा में प्रयत्नशील है। वैश्विक जगत को इस संदर्भ में जागरूक करने के लिए उसने वर्ष 2015 को वन, मौसम, बदलाव के संदर्भ में जागरूकता वर्ष घोषित किया था। इसी प्रकार वर्ष 2016 को वन और जल तथा वर्ष 2017 को वन और ऊर्जा के संदर्भ में जागरूकता वर्ष घोषित किया था।

सतत विकास के लिए पर्यावरण के मुद्‌दों को अत्यंत महत्वपूर्ण माना जा रहा है। विगत कुछ दशकों में इस संदर्भ में जागरूकता बढ़ी है। वर्ष 1971 में यूरोपीय संघ की महासभा ने 21 मार्च को विश्व वानिकी दिवस घोषित किया। वहीं 28 नवंबर, 2012 को संयुक्त राष्ट्र महासभा ने इस दिन को अंतर्राष्ट्रीय वन दिवस घोषित किया। लोगों को वनों की अहमियत समझाने और गरीबी मिटाने, पर्यावरण बचाने और खाद्य सुरक्षा सुनिश्चित करने में पेड़ों की भूमिका बताने के उद्‌देश्य से प्रतिवर्ष यह दिवस मनाया जाता है। इस वर्ष की थीम है-वन और टिकाऊ शहर। इस वर्ष यह आयोजन विश्वभर के शहरों को हरा-भरा, स्वस्थ और खुशहाल बनाने पर केंद्रित है।

अमेरिका स्थित यूनिवर्सिटी ऑफ मेरीलैंड द्वारा अक्टूबर, 2017 में पेश की गई रिपोर्ट के अनुसार, वर्ष 2016 में अब तक का रिकॉर्ड (7.3 करोड़ एकड़) वन क्षेत्र कम हुआ। यह वर्ष 2015 के मुकाबले 51 प्रतिशत अधिक है। सर्वाधिक वन क्षेत्र दावानल से खत्म हुआ। कृषि, खनन और लकड़ी जुटाने के लिए भी बड़ी संख्या में पेड़ काटे गए। जंगल बचाने का नवीन आधुनिक तकनीकों का प्रयोग किया जा रहा है। लगातार बढ़ते वायु प्रदूषण और ग्लोबल वार्मिंग का स्तर कम करने के लिए शहरों के बीचोंबीच जंगलों को खड़ा किया जा रहा है। ऐसे टिकाऊ शहरों का निर्माण करके ही वन क्षेत्र और पेड़ों को बढ़ाया जा सकेगा। चीन में इटली की एक कंपनी ऐसी दो गगनचुंबी इमारतें बनाने जा रही है, जिसमें एक हजार से अधिक पेड़ और ढाई हजार पौधे लगाए जाएंगे। यह पेड़-पौधे

रोजाना 60 कि.ग्रा. ऑक्सीजन उत्पादित करेंगे। इसी तरह जापान में लकड़ी से बनी विश्व की सबसे ऊंची इमारत बनाई जा रही है। कुल 350 मीटर ऊंची इस इमारत के हर माले पर पेड़ और पौधे लगाए जाएंगे।

भारत में भी हालात सुधर रहे हैं। करीब 24.4 प्रतिशत वन क्षेत्र के साथ भारत विश्व में 10वें स्थान पर आता है। देश का वन क्षेत्र कुल वैश्विक भूभाग का 2.4 प्रतिशत है। हालांकि देश का मौजूदा वन क्षेत्र 1988 में सरकार के बनाए 33 प्रतिशत वन क्षेत्र के लक्ष्य से काफी कम है, फिर भी संतोषजनक बात यह है कि भारत में धीरे-धीरे ही सही वन क्षेत्र बढ़ रहा है। इंडिया स्टेट ऑफ फॉरेस्ट रिपोर्ट-2017 के अनुसार, वर्ष 2015 से 2017 के बीच वृक्ष आच्छादित कुल क्षेत्र दो प्रतिशत बढ़कर 93,815 वर्ग कि.मी. हो गया। वृक्षों से हमें अनेक प्रकार के लाभ मिलते हैं। एक औसत आकार का पेड़ एक वर्ष में इतनी ऑक्सीजन देता है, जिससे चार लोगों का परिवार पूरे साल सांस ले सकता है। किसी भवन या इमारत के पास लगाए गए तीन पेड़ एयर कंडीशन का खर्च 50 प्रतिशत तक कम कर सकते हैं। यदि धरती पर दो करोड़ पेड़ लगाए जाएं, तो 26 करोड़ टन अधिक ऑक्सीजन मिलेगी। ये पेड़ एक करोड़ टन कार्बन डाइऑक्साइड सोख लेंगे। पेड़ों को देखने से भी स्वास्थ्य ठीक होता है। जिन अस्पतालों में पेड़ होते हैं, वहां मरीज जल्दी स्वस्थ होते हैं।

तेजी से बढ़ते शहरीकरण के कारण वन्य क्षेत्र और प्राकृतिक संसाधनों पर दबाव बहुत बढ़ता जा रहा है। आधुनिक विकासपरक युग में शहरीकरण एक अपरिहार्य प्रक्रिया है। उसे रोका नहीं जा सकता है, किंतु उसे पर्यावरण हितैषी एवं पर्यावरण अनुकूल अवश्य ही बनाया जाना चाहिए। वर्तमान में शहरी क्षेत्रों में भारत की 37 प्रतिशत आबादी रहती है। वर्ष 2030 तक यह 40 प्रतिशत और 2050 तक 50 प्रतिशत हो जाएगी। आज दिल्ली सहित सात शहरों की जनसंख्या 50 लाख से अधिक है। वर्तमान में दिल्ली ढाई करोड़ आबादी के साथ विश्व का दूसरा सबसे अधिक आबादी वाला शहर है। वर्ष 2030 तक दिल्ली की आबादी तीन करोड़ 60 लाख तक पहुंच सकती है। शहरीकरण विकास के लिए एक अवसर भी है। कहावत है कि स्वास्थ्य ही असली धन है। हम स्वास्थ्य गंवाकर धन कमाते हैं और पुनः स्वास्थ्य पाने के लिए धन खर्च करते हैं। टिकाऊ शहरीकरण की कई चुनौतियों में शहरी आबादी का स्वास्थ्य एक गंभीर समस्या

है। खराब स्वास्थ्य शहरी आबादी की उत्पादकता पर बहुत नकारात्मक प्रभाव डालता है।

देश के सभी बड़े शहर जिनकी आबादी एक करोड़ से अधिक है, वहां रहने के लिए लोगों को एक तरह से दंड देना पड़ रहा है। यह अक्सर सेहत में गिरावट के रूप में होता है। हमारे शहरों की स्थिति तब इतनी खराब है, जब हम औद्योगीकरण के लिहाज से यूरोप के शहरों से कहीं अधिक पीछे हैं। शहरीकरण की चुनौतियों से निपटने के मामले में हमें यूरोप से सबक लेने की जरूरत है। यूरोप में औद्योगिक क्रांति के दौरान फैले हैजे ने शहरों के बुनियादी ढांचे में व्यापक बदलाव की जरूरत पैदा की। हैजे से दो-चार होने के बाद यूरोप में सुरक्षित पेयजल की आपूर्ति प्रणाली को दुरुस्त करने के साथ सीवेज सिस्टम का समुचित विकास तो किया ही गया, सार्वजनिक स्वच्छता को लेकर भी कई कदम उठाए गए। अगर यूरोपीय देशों की तरह हम अपने शहरी ढांचे को सुधारते नहीं, तो गंभीर संकट का सामना करेंगे। हमारे गंदे, अव्यवस्थित और अनियोजित शहर अनेक समस्याओं के साथ रोगों को भी बढ़ा रहे हैं। गंदगीजनित बीमारियां आर्थिक रूप से सक्रिय युवा आबादी की क्षमता को प्रभावित करती हैं और उसकी उत्पादकता घटाती हैं। इससे समाज में विकास की प्रक्रिया बाधित होती है तथा कानून और व्यवस्था की कमजोर स्थिति भी प्रकट होने लगती है।

आज भी भारतीय गांव, कस्बे और शहर खुले में शौच की बुरी आदत से मुक्त नहीं हो सके हैं। इस प्रवृत्ति के कारण पहले भी कई गंभीर हादसे हो चुके हैं। अधिकांश भारतीय गांवों में स्थानाभाव के कारण गांव की अनेक महिलाएं प्रातः जल्दी उठकर अंधेरे में कच्ची-पक्की सड़कों पर ही शौच क्रिया से निवृत्त होने के लिए विवश हैं। कई बार अचानक वाहन तथा ट्रैक्टर आदि आ जाने से अंधेरे में गंभीर हादसे हो चुके हैं। कई बार घातक और विषैले जीव-जंतु भी लोगों को डस लेते हैं। मुरादाबाद जिले में हाइवे के किनारे खुले में शौच को गए ट्रक चालक को सांप ने डंस लिया। ट्रक चालक लखनऊ से जालंधर के लिए चला था और नित्यक्रिया के लिए ढाबे पर रुका था। वहीं उसके साथ यह हादसा हुआ। अस्पताल में इलाज के दौरान उसकी मौत हो गई।

भले ही यह घटना बहुत मामूली लगती है, लेकिन तह तक जाने पर पता लगता है कि हादसे के पीछे खुले में शौच की आदत मुख्य कारण है। खुले में

शौच वैसे ही स्वास्थ्य के लिए बहुत खराब है, लेकिन बरसात के दिनों में तो यह आदत जानलेवा हो सकती है। ट्रक चालक ने शौचालय का इस्तेमाल किया होता, तो आज जीवित होता। उसकी असमय मौत से परिवार पर मुसीबतों का जो पहाड़ टूटा, वह संकट पैदा न होता। इस ट्रक चालक की तरह हर साल बरसात के दिनों में खुले में शौच करने वाले न जाने कितने लोग सांप-बिच्छू आदि विषैले जीवों का शिकार बनते हैं। ये घटनाएं दूर-दराज के इलाके में होने के कारण सामने नहीं आ पातीं और न ही उन पर कोई चर्चा होती है। आश्चर्य है कि ऐसे मुद्दे जो समाज की गरिमा से जुड़े होते हैं, ऐसे मुद्दे भारत में राजनैतिक विमर्श और आंदोलन का कारण क्यों नहीं बन पाते। हममें यह जागरूकता आखिर कब आएगी।

यद्यपि भारत सरकार खुले में शौच से रोक के लिए हरसंभव उपाय कर रही है। हर घर में शौचालय बने और लोग उसका इस्तेमाल करें, इसके लिए निश्चित राशि अनुदान के रूप में उपलब्ध कराई जा रही है। प्रचार-प्रसार के लिए हर यत्न के अलावा सरकारी मुलाजिम गांवों में जाकर लोगों को इस आदत के दुष्परिणाम बता रहे हैं। स्वच्छता समितियां बनाई गई हैं। कहीं-कहीं तो खुले में शौच कर रहे लोगों को सीटी बजाकर रोका जा रहा है। गुलाब के फूल दिए जा रहे हैं। इतना होने पर भी लोगों की आदत नहीं बदल रही है। कई जगह तो देखने में आया है कि घर में शौचालय बनवा लेने के बाद भी लोग उसका इस्तेमाल नहीं कर रहे हैं। बरसात के दिनों में खुले में शौच करने से संक्रामक रोगों का खतरा कई गुना बढ़ जाता है। लोग डायरिया, पेचिस, बुखार आदि के चपेट में आकर दम तोड़ देते हैं। अस्पतालों में भी इन दिनों ऐसे मरीजों की लंबी लाइन लगी रहती है। ये बातें लोगों को बार-बार बताई भी जाती हैं, लेकिन वे इस खतरे को मानने को तैयार नहीं होते और परेशानी उठाते हैं। इस संदर्भ में यदि लोग अपने रवैये, आचरण और जीवनशैली में आवश्यक सुधार कर लें, तो अनेक गंभीर दुर्घटनाओं और स्वास्थ्य समस्याओं को टाला जा सकता है।

ब्रह्मांड में पृथ्वी ही हरी-नीली अभिनव रंगों से आभायुक्त एकमात्र ग्रह है, जिस पर सांसों के स्पंदन से युक्त चलते-फिरते जीव, रंग-बिरंगी तितलियों, चिड़ियों, फूलों व फलों से लदे हरे-भरे पेड़-पौधे, लताएं, रिमझिम बरसात, जंगलों और बर्फ से ढके पहाड़, हरे विशालकाय घास के मखमली अंतहीन सपाट

मैदान, उसमें अठखेलियां करते विभिन्नताओं से परिपूर्ण तरह-तरह के जीव-जंतु आदि हैं। इस अनुपम धरती की ये समस्त जैव और वानस्पतिक संपदा के मूल में इस अनोखे ग्रह पर पानी और हवा की उपस्थिति है। अगर ये दोनों चीजें नहीं रहतीं, तो यह ग्रह (पृथ्वी) भी इस अनंत ब्रह्मांड के अरबों-खरबों अन्य निर्जीव ग्रहों की तरह ही जीवन के स्पंदन के बिना एकदम वीरान होती। पृथ्वी का दो-तिहाई भाग जल और एक तिहाई भाग थल है।

पर्यावरण विशेषज्ञों के अनुसार, भारत में कुल उपलब्ध पानी का लगभग 70 प्रतिशत पानी प्रदूषित है। उत्तर की डल झील से लेकर दक्षिण की पेरियार झील तक, पूर्व में दामोदर व हुगली नदी से लेकर पश्चिम में ठाणा उपनदी तक पानी के प्रदूषण की स्थिति एक सी ही भयानक है। गंगा जैसी सदानीरा नदियां भी आज प्रदूषित हो चुकी हैं। वनों की अंधाधुंध कटाई, प्रकृति का दोहन और भूमि व जल संरक्षण के प्रति शासन की लापरवाही के कारण ही भारतीय प्रायद्वीप के विश्व प्रसिद्ध चेरापूंजी, जो दुनिया में सबसे ज्यादा बारिश के लिए प्रसिद्ध है, वहां सालभर में औसतन 9150 मिलीमीटर बारिश होती है, फिर भी जल संकट से जूझ रहा है। भारत में भूगर्भीय जल का अत्यधिक दोहन होने के कारण धरती की कोख सूख रही है। जहां मीठे पानी का प्रतिशत कम हुआ है, वहीं जल की लवणीयता बढ़ने से भी समस्या विकट हुई है। यदि हमें जीवन को बचाना है, तो जल संरक्षण और संचय के उपाय करने ही होंगे।

प्राकृतिक संसाधनों पर बढ़ते दबाव के कारण भविष्य में खाद्यान्न संकट उत्पन्न होने की स्थिति प्रबल होती जा रही है। एक आकलन के अनुसार आगामी वर्ष 2050 तक भारत में अनाज उत्पादन आधा रह जाएगा। यदि यूरोपीय कमीशन के ज्वाइंट रिसर्च सेंटर की रिपोर्ट वर्ल्ड एटलस ऑफ डेजटीफिकेशन के आंकड़ों को सही मानें, तो आने वाले कुछ वर्षों में विश्वभर में खाने के लाले पड़ने वाले हैं। सबसे चिंताजनक बात यह है कि भारत, चीन और उप-सहारा अफ्रीकी देशों में स्थिति सबसे गंभीर होगी। रिपोर्ट के अनुसार, जलवायु परिवर्तन के चलते प्रदूषण, भू-क्षरण और सूखा पड़ने की वजह से पृथ्वी के तीन-चौथाई भूमि क्षेत्र की गुणवत्ता खत्म हो गई है। सदी के मध्य तक यह आंकड़ा बहुत अधिक बढ़ने की आशंका है। अगर ऐसे ही भूमि की गुणवत्ता खत्म होती रही, तो इससे कृषि पैदावार को नुकसान होगा। 2050 तक वैश्विक अनाज उत्पादन काफी कम हो जाएगा।

इस दौरान वैश्विक अनाज उत्पादन 10 प्रतिशत तक सीमित हो जाएगा। पृथ्वी पर कुल भूमि क्षेत्र में तीन चौथाई वैसे भी गुणवत्तापरक नहीं है। सदी के मध्य तक कुल 90 प्रतिशत क्षेत्र की उर्वरकता खत्म होने की आशंका है। वर्ष 2050 तक भारत, चीन, उप-सहारा अफ्रीका में 50 प्रतिशत अनाज उत्पादन कम होने की आशंका है। बड़ी विडंबना यह है कि भविष्य में खाद्यान्न संकट उत्पन्न होने की आशंका के पीछे सबसे बड़ा हाथ कृषि का ही है। इसके बाद जंगलों का कटाव और शहरों का विकास जिम्मेदार है। पृथ्वी की एक-तिहाई जमीन फसलों और पशुओं के चारे की घास से पटी हुई है। इसके बावजूद जलवायु परिवर्तन की वजह से अन्न का उत्पादन कम होने की आशंकाएं हैं। इस भवायह स्थिति से बचने के लिए मिट्टी संरक्षण, टिकाऊ जमीन और जल के सीमित उपयोग की नीतियां कृषि, जंगल और जलवायु परिवर्तन के क्षेत्र में लागू करनी होंगी। अमूल्य संसाधनों के उपयोग के तौर-तरीके बदलने होंगे। आज बढ़ती आबादी एक बहुत बड़ी त्रासदी साबित हो रही है। पृथ्वी पर बढ़ रही लोगों की तादाद के चलते हर तरफ मानव बसावट फैलती जा रही है। इससे जमीन की गुणवत्ता खत्म हो रही है। ग्लोबल वार्मिंग के चलते कभी सूखा तो कभी बाढ़ की वजह से धरती अपनी उर्वरकता खो रही है। ऐसी जगहें धीरे-धीरे रहने लायक नहीं रह जाएंगी। यह स्थिति आगे इतनी भवायह हो सकती है कि स्थानीय खाद्यान्न व्यवस्था ही ठप पड़ जाए। इससे लाखों लोगों को अपना घर-बार छोड़कर दूसरे इलाकों में शरण लेनी पड़ जाएगी।

इन समस्याओं के बीच विश्वभर की सरकारें शिथिल बैठी हैं। संयुक्त राष्ट्र के टिकाऊ विकास एजेंडे के तहत विश्वभर के राष्ट्राध्यक्षों ने भूमि क्षेत्र को रेगिस्तान बनने से बचाने, भूमि व मिट्टी की गुणवत्ता लौटाने के प्रयास करने के लिए प्रतिबद्धता दिखाई थी। इस एजेंडे के तहत उस भूमि को भी रखा गया था, जो मरुस्थल बन गई हैं, जहां सूखा अथवा बाढ़ का प्रकोप रहता है। उनका लक्ष्य था कि वर्ष 2030 तक समूची पृथ्वी के भूमि क्षेत्र को उसकी गुणवत्ता लौटाई जा सके। इसके बावजूद अब तक किसी भी देश ने इस संबंध में कोई ठोस कदम नहीं उठाया है।

***

www.ingramcontent.com/pod-product-compliance
Ingram Content Group UK Ltd.
Pitfield, Milton Keynes, MK11 3LW, UK
UKHW021243031026
15588UKWH00001B/243

9 789352 963621